| 强盗阿巴赞 | 穆斯塔法 | 猫头鹰 | 仙鹤 | 仙鹤国王 |

HAUFF'S FAIRY TALES
豪夫童话

[德] 威廉·豪夫 著　张佩芬 译　孟凡雯 绘

北京理工大学出版社
BEIJING INSTITUTE OF TECHNOLOGY PRESS

目 录

仙鹤国王　001

019　救妹奇遇

小·穆克的故事　039

063　假王子

矮子"长鼻"　083

117　年轻的英国人

冷酷的心（上）　140

169　冷酷的心（下）

读品
让阅读成为一种瘾

仙鹤国王

I

很久以前,在一个阳光灿烂的下午,巴格达的哈里发①夏西特惬意地坐在躺椅上。他方才睡着了一小会儿,因为这是一个炎热的夏日。睡过一觉后,他显得容光焕发。他用那根花梨木做的长烟斗抽着烟,时不时喝上一小口奴隶斟给他的咖啡,觉得味道不错,就如同往日一样心满意足地摩挲着自己的胡子。总之,人们只要瞧哈里发一眼,就知道他现在心情很好。这种时候他总是和和气气、平易近人,最容易打交道。于是,他的宰相曼索尔每天总在这个时候朝见他。这天下午宰相又来了,却是一脸的心事,全然不同于往常的模样。哈里发让烟斗稍稍离开嘴边,说道:"宰相,为什么满脸不高兴?"

---

① 哈里发,穆罕默德逝世(公元632年)后,伊斯兰教国家政教合一的领袖的称呼。

宰相双手交叉在胸前，向君王深施一礼，回答说："陛下，我不是不高兴，只是宫殿外来了一个小贩，正出售极漂亮的东西，我却没有多余的钱购买，心里有些难过。"

一直以来，哈里发就想做点什么让宰相高兴高兴，他立即派他的黑奴下去把小贩带上殿来。一会儿工夫，小贩就进来了。小贩又矮又胖，脸色黝黑，衣衫褴褛。他携着一只箱子，箱子里装着形形色色的货物，有珍珠、戒指、镶满宝石的手枪，还有酒杯和梳子。哈里发和宰相一件件细心检阅了一遍，哈里发最终替自己和宰相购买了精美的手枪，替宰相夫人买了一把梳子。当小贩打算重新合上箱子时，哈里发看见了一只小抽屉，便问道："这里边也有货物吗？"小贩拉开抽屉，让他们看到一只盛着黑色粉末的小罐和一张写着奇怪字迹的纸片，哈里发和曼索尔都不认识这种文字。

"我是从一个商人手中购得这两件东西的，他在麦加的一条街上偶尔捡到了它们。"小贩说，"我不知道它们有什么用处，你们随便出几个小钱吧，反正我留着也没有用。"

哈里发喜爱在自己的图书馆里收藏各种古老的手稿，尽管他并不能阅读上面的文字，于是购下纸片和小罐，让小贩走了。哈里发很想知道这些文字的内容，便问宰相是否找得到破译的人。

"启禀陛下，"宰相回答说，"大清真寺住着一位长者，人们称他学者塞林。这人通晓各种语言，也许能够破译这些神秘的文字，让他来试试吧。"

学者塞林很快就被接来了。"塞林，"哈里发对他说道，"人们说你学识渊博，看一眼这些文字吧，看能否读得懂。认得出就赏你一套全新的礼服；认不出的话，就得挨十二下耳光、二十五下脚板，因为你枉有学者塞林的称号。"塞林深深地鞠了一躬，回答说："谨遵陛下命令！"塞林定睛看了一会儿，忽然大声叫道："这是拉丁文，陛下！我敢保证，否则我愿受绞刑！"

"倘若是拉丁文，那就说说写了什么。"哈里发吩咐。

塞林翻译起来:"得到这件东西的人,感谢真主的恩惠吧。他若嗅一嗅罐子里的粉末,同时说一声:Mutabor[①],就能够随意变成任何一种动物,并且懂得这种动物的语言。他若愿恢复人形,只需朝东方鞠躬三次,同时还说出这个词就行。不过,变成动物之后得千万小心别笑出声,否则这句咒语就会从头脑中消失,将永远恢复不了人形。"

学者塞林读完纸片后,哈里发高兴极了。国王要他发誓不向任何人泄漏这个秘密,然后又赏了他一套漂亮衣服,让他离开了。

哈里发对宰相说:"我买了一样好东西,曼索尔!我会变成一只动物,多开心啊!明天一早你来我这里吧,我们一起到野外去,嗅一点儿罐子里的东西,随后一起听听空中、水里、森林和田野间的动物都在讲些什么吧!"

‖

第二天清晨,哈里发刚吃完早饭还没有穿戴整齐,宰相便已出现,奉命前来陪伴出游。哈里发把盛着神秘粉末的小罐藏进腰带里,吩咐随从们留在宫殿,就携领宰相一人上路了。他们先是穿行在哈里发广阔的御花园里,但是宰相建议到宫外一个大池塘边去看看,他常常在那里看见许多动物,尤其是仙鹤,它们的庄重姿态和嘎嘎鸣叫声总让他兴奋不已。

哈里发赞成宰相的主意,便一起向池塘走去。当他们抵达那里的时候,正有一只仙鹤在池塘边庄严地走来走去,寻觅着青蛙,时不时抬头鸣叫一声。与此同时,他们望见空中也高高飞翔着另一只仙鹤,正在这一带巡游。

"陛下,我以我的胡子打赌,"宰相开言道,"这两个长脚家伙肯定会美美地交谈一

[①] 拉丁语,意谓"变"。

场。我们变成仙鹤如何？"

"妙极了！"哈里发回答，"不过我们事先还得再想一想如何重新变成人形。——是的，向东方鞠躬三次，说一声Mutabor，我就又是哈里发，你仍旧是宰相。老天保佑我们可别发出笑声，否则我们便完蛋了！"

哈里发说这番话的时候，他看见另一只仙鹤正翱翔过他的头顶，缓缓地向地面降落。他匆匆地从腰带上取出小罐，满满地捏起一撮，把粉末递给宰相，他也立即嗅了嗅，两人同时高声喊叫："Mutabor。"

他们的腿开始皱缩，逐渐变细变红，哈里发和宰相的精致的黄色拖鞋变成了难看的趾爪，他们的胳臂变成了翅膀，脖子长长地伸出肩上足足有三尺开外，胡子消失得无影无踪，全身布满了柔软的羽毛。

哈里发在惊愕了好一会儿之后，对宰相说："你的喙真漂亮，我的宰相！我以先知的胡子打赌，我这一生没见过如此漂亮的喙呢。"

"多承陛下夸奖。"宰相回答，深深地鞠躬致谢，"倘若允许我斗胆进言，我敢说陛下变成仙鹤后的模样几乎比国王哈里发更加漂亮呢。只要您乐意，我们现在就偷偷地过去听听这些家伙的谈话吧，试试我们是否真能听懂仙鹤的语言。"

这时，天上那只仙鹤也已飞抵地面，她用喙擦拭自己的双脚，整理自己的羽毛，接着向另一只仙鹤走去。两只新仙鹤急切切地靠近她们，清晰地听懂了她们的对话。

"早上好，兰巴恩太太，这么早就来了？"

"谢谢问候，亲爱的克拉普许纳勃！我只是来吃一点儿早餐。你要不要分一块蜥蜴肉，或者来一点儿青蛙腿？"

"多谢关照，不过我今天毫无胃口。我来这里另有原因，今天我得在父亲邀请的客人前表演舞蹈，我想先到这里来稍稍练一练。"那位年轻的仙鹤女士这时就以一种优美的步态舞动起来。哈里发和曼索尔吃惊地望着她的背影,当她以极美的姿势单腿直立,并且优雅地展开双翅时,两只新仙鹤便再也憋不住,从喙里爆发出一阵笑声,笑了很长时间才好不容易止住。哈里发最先止住了笑声。"真有趣,"他开心地说着,"不花钱白看戏。可惜我们的笑声把这她们吓跑了,要不她们说不定还会唱歌呢!"

现在，宰相忽然记起变形后是禁止发笑的。

他的恐惧感立刻传染给了哈里发，哈里发嚷道："让我永远当仙鹤？那可真是糟透了！你赶快想想那句咒语，我怎么全忘了！"

"我们必须向东方三鞠躬，同时嘴里说：Mu——Mu——Mu——"

他们转身朝向东方，深深地弯下身子，他们的喙几乎触到了地面。

然而，多么可怕！那句咒语从他们头脑中逃脱了，不管哈里发如何再三弯身鞠躬，他的宰相又如何急切地大声呼喊"Mu——Mu——Mu——"，可是，那句咒语消失了……

可怜的哈里发和宰相将永远沦为仙鹤。

Ⅲ

这一对中了魔法的人悲伤地穿行在田野间，想不出摆脱困境的办法。仙鹤外形使他们无法返回城里，谁能认出他们呢？谁会相信一只仙鹤竟是哈里发呢？即便人们相信了他的辩白，巴格达的居民们愿意让一只仙鹤当国王吗？

他们在野地里徘徊了许多日子，整天以野果充饥，他们的长喙根本不会吃其他东西。因为害怕青蛙和蜥蜴之类的美食会毁坏肠胃，他们也不敢享用。在这种悲惨处境中，的唯一乐趣是可以自由飞翔。他们经常高高地飞行在巴格达鳞次栉比的屋顶上，以便细细地观察城里的动静。

头几天，他们注意到街上很不平静，人们显得很悲伤。然而，在他们变形第四天左右，当他们坐在哈里发宫殿屋顶上时，他们看见街上走着一行华丽的队伍，鼓声和笛声齐鸣，一个男人身穿金线绣缀的猩红色外套，高高地骑在一匹盛装的骏马上，周围簇拥着衣着鲜亮的仆从。巴格达城的一半居民都追随在队伍后面，人人高声喊叫："万岁，密兹拉，巴格达的主人！"

两只仙鹤在宫殿的屋顶上面面相觑，哈里发夏西特说道："宰相，现在你知道我们被施魔法的原因了吧？这个密兹拉是我仇敌的儿子，有势力的大魔法师卡希诺尔曾立誓要报复我。不过我并不放弃希望。跟我来吧，我不幸时的忠实朋友，让我们到先知的陵墓去，也许在那神圣的地方可以解除魔法。"

他们从宫殿的屋顶上站起来，飞向麦地那地区。

飞翔对于他们并非易事，因为他们缺乏训练。

"噢，陛下。"宰相飞了几个钟头后，呻吟着说，"请允许我停一停吧，我再也飞不动了。您飞得实在太快！而且现在已到黄昏时分，我们最好去寻找一个过夜的地方。"

哈里发听从了宰相的意见。他们瞥见身下的山谷里有一片旧城堡的废墟，似乎适宜栖身，便朝那儿飞去。

他们选择的栖身之地看起来曾经是一座宫殿。瓦砾堆里还耸立着一根根美丽的圆柱，许多舒适的房间至今还几乎保存完好，证明着整座宫殿昔日的富丽堂皇。他们在过道里来回穿行着，想寻找一片干燥的住处。

忽然，仙鹤曼索尔停住了脚步。"陛下，"他轻声说道，"请别笑话一个宰相的愚蠢，尤其因为他还是一只仙鹤，竟然害怕起鬼怪来了！但是我确实心惊胆战地听到附近有叹息和呻吟声。"

哈里发停住身子，也清清楚楚地听见了一种微弱的哭泣声，不过那声音与其说出自某种动物，倒不如说出自一个女人。哈里发满心好奇地要到发出哭声的地方去看个究竟，宰相却用喙咬住了他的翅膀，恳求他切莫又闯入陌生的险境。然而不起作用，在哈里发的仙鹤羽翼下依旧跳动着一颗勇敢的心，尽管被扯落下几根羽毛，他还是挣脱了，急急忙忙奔向一条昏暗的通道。

他很快地来到了一扇门边，门似乎虚掩着，他真切地听见了叹息声，夹带着几声号啕。他用喙顶开门，吃惊地站在门槛上愣住了。那是一间只有一扇小窗户透入稀疏光线的半倒塌的房间，他望见一只巨大的猫头鹰坐在地板上。猫头鹰圆圆的大眼睛正滴落着一颗颗大泪珠，弯曲的喙里喷吐出充满激情的哭泣声。

她一眼望见哈里发和宰相——他们这时也已悄悄地蹑足进来，猫头鹰便发出了一声愉悦的喊叫。她用自己长满棕色花斑的翅膀轻轻拭去了眼泪，用纯粹的阿拉伯语向两个目瞪口呆的来客说开了话："欢迎两位仙鹤，你们的光临是我获救的美好征兆，一位先知以前告诉过我，仙鹤将会给我带来巨大的幸福！"

当哈里发从惊愕中回过神来，便俯下长长的脖子，伸出细瘦的脚摆了一个还礼姿态，回答说："猫头鹰！根据你所说的话，我相信我们遇见了一位共患难的女士。不过，你想通过我们得救，这希望恐怕要落空。你只消听一听我们的不幸遭遇，就知道我们确实无能为力。"

猫头鹰恳求他叙述他们的故事，哈里发便站直身子，一五一十地讲了我们方才已经知道的事情。

IV

猫头鹰在哈里发讲完自己的经历后，表示了感谢，说道："也请听听我的遭遇，我的不幸并不亚于你的。我父亲是印度的国王，我是他不幸运的独生女，名字叫罗莎。那个蛊惑你的魔法师卡希诺尔也把我推进了不幸的深渊。有一天，他来到我父亲处，要我成为他儿子密兹拉的妻子。我父亲是个性情刚烈的人，把他扔下了楼梯。这个卑鄙的人竟化装成另一模样再度悄悄地接近我。有一回我去花园里，正巧口渴想喝水，穿着奴隶服装的他递给我一杯饮料,我喝下去立即变成如今这副可憎的模样。我吓得晕了过去,他就把我带到这里,用可怕的声音对着我的耳朵喊叫:'你将永远是这种被人嫌弃的丑陋模样,你就永远待在这里吧,直至死亡,除非有人看见你这么可憎还自愿娶你为妻!我总算报复了你和你傲慢的父亲。'

"许多月份过去了。我孤独而悲伤地生活在这片废墟里,为世界所厌恶,连动物也把我视为怪物。美丽的大自然也向我关闭了大门,因为我在白天是瞎子,唯有夜晚的月亮把苍白的光芒洒向废墟时,罩住我双目的纱幕才会落下。"

猫头鹰叙述完毕,又用翅膀轻拭着眼睛,讲述痛苦的经历再次招引了她的泪水。

哈里发倾听着公主的诉说,陷入深深的沉思之中。"倘若我一个字也没有听错的话,"他接着说道,"那么,在我们的不幸遭遇之间存在着某种神秘的联系。但是到何处去寻找解开谜团的钥匙呢?"

猫头鹰答复他说:"噢,先生!我也有同样的感觉。在我很小的时候,有位聪明的老太太曾对我预言说,一只仙鹤将会带给我巨大的幸福。也许我能找到我们脱离危险的方法。"

哈里发听了这番话很吃惊,便询问她,"用什么办法呢?"

"陷害我们的魔法师,每个月都要来这片废墟一次。"她回答说,"离这个房间不远有一个大厅,他总在那里设宴招待许多同党。我经常跑去偷听的。这伙人常常互相吹嘘自己的无耻勾当,也许他会说出那句你们忘记了的咒语。"

"啊,最可敬的公主,"哈里发欢叫着,"往下讲吧,他什么时候来?大厅在哪里?"

猫头鹰沉默了一会儿,然后才说:"请别见怪,唯有在一个特定条件下,我才能够满足你们的愿望。"

"说出来!说出来!"哈里发大声尖叫,"下命令吧,我无不照办!"

"我刚才已经提到,我也想同时获得解救,但是,这种情况唯有在你们两人之一向我求婚时才会出现。"

两只仙鹤闻听此言显得有些为难,哈里发示意自己的随从跟他出去一下。

"宰相,"哈里发在门口说道,"这是一桩难办的买卖,不过你总能娶她的吧。"

宰相说:"可我有妻子啊,胆敢再娶的话,回到家要被她挖掉眼珠的。而且我又是个老人,而您还很年轻,尚未婚配,还是您娶年轻漂亮的公主才好。"

"问题就在这里了,"哈里发叹息着说,悲哀地垂下翅膀,"谁告诉过你,她既年轻又漂亮?这正是所谓胡购乱买了!"

他们你一言我一语地争论了很久,最终哈里发弄明白一件事——倘若要宰相和猫头鹰结婚的话,宰相更乐意继续做仙鹤。哈里发只好决定自己接受这个条件。

猫头鹰高兴万分。她坦白地告诉他们,他们来得太巧了,因为魔术师大概当夜就要在这里举办聚会。

她带领两只仙鹤离开房间,引他们去那个大厅。他们在阴暗的过道里走了很久,终于有一片明亮的光线从一堵半倾圮的墙头射向他们。他们抵达了目的地后,猫头鹰叮嘱大家切莫发出任何声息。他们可以从自己站立处的缝隙观察巨大的厅堂。大厅周围耸立着装饰得富丽堂皇的柱子,无数盏彩灯把大厅照耀得如同白昼。厅堂中央有一张圆桌,上面摆满了形形色色的精致的食物。圆桌边摆着一溜软椅,坐着八个男人,仙鹤们认出其中之一正是那个向他们出售药粉的小贩。他的邻座此时正动员他讲述自己最新的买卖。他在叙说其他事情时也讲了哈里发与宰相的故事。

"你给他们的咒语是什么?"另一个魔法师问。

"一个真正深奥的拉丁字,那就是Mutabor。"

V

仙鹤们在墙缝边听见这个字,快活得几乎忘乎所以。他们撒开长腿飞跑出废墟大门,猫头鹰简直跟不上。哈里发在门口激动地告诉猫头鹰:"女恩人,你救了我和我的宰相的性命,我们将永远感谢你为我们所做的事。为了报答你,我愿娶你为妻。"

随后他转身朝向东方。两只仙鹤弯下长长的脖子,对着刚刚从山后升起的太阳鞠躬三次,并高喊"Mutabor!"他们一下子便变回了人形。他们又哭又笑地拥抱在一起。当他们环顾四周时,更是惊讶得无法形容。一位盛装华服的美丽女士站在他们面前。

她微笑着向哈里发伸出了手:"您不认识您的猫头鹰恩人了?"她正是那只猫头鹰。她的美丽和优雅深深地打动了哈里发,他不禁欢呼起来:"也许变成仙鹤是我一生最大的幸运呢。"

然后,三个人准备起程回到巴格达。哈里发在衣服里不仅找到了盛魔粉的小罐,也找回了钱包。他在最近的村子里采购了他们旅行所需的一切用品,因此很快便抵达了巴格达城门。然而那里的人看见哈里发却惊愕万分。老百姓早就听闻哈里发已经死了,如今人们高兴极了,他们亲爱的国王又回来了。

哈里发对骗子密兹拉的怒火越燃越旺,一进王宫就逮捕了老魔法师和他的儿子。哈里发把老头子押送入废墟上曾关押猫头鹰公主的同一小房间,并在那里将他处以绞刑。至于那个儿子,他自诉丝毫不知父亲的妖术,哈里发就让他自己选择:死亡或者嗅药粉。他选择了后者,宰相便递给他小罐,他嗅了一撮,哈里发立即用咒语让他变成仙鹤。哈里发把仙鹤关进一只铁笼子里,放在御花园供人参观。

哈里发和他的王后快快活活地过着日子。他最快活的时间莫过于宰相下午来谒见的时刻。他们经常谈论自己的仙鹤生涯,哈里发兴致一来就会屈尊模仿宰相变成仙

鹤的样子。他佯装庄重地用僵硬的脚掌在房间里一抬一放地走动,嘴里"咔嗒"响着,摇摆双臂,好似在扇动翅膀,又表演宰相如何徒然一再地向东方鞠躬行礼,嘴里"Mu——Mu——"叫喊不停。王后和孩子们看见此情此景,每次都要哈哈大笑。然而,倘若哈里发表演得过于长久,咯咯叫、鞠躬和"Mu——Mu——"喊得过多的话,宰相就要笑嘻嘻地威胁哈里发说:他将告诉王后,他们曾在猫头鹰公主的房门外议论过什么话语。

救妹奇遇

我哥哥穆斯塔法和我姐姐法蒂玛年龄相仿,哥哥只大两岁。兄妹相亲相爱,一起侍奉年老多病的父亲。法蒂玛十六岁生日那天,穆斯塔法为她举办了宴会,把她的女友全都请来了,在父亲的花园里用最精美的馔肴招待她们。他还租来一艘船,将它装扮得漂漂亮亮的,傍晚时分请她们到海上去兜风。法蒂玛和女友们一听要去游玩,自然是求之不得。天气很好,从海上回望城市,这番夜景是很难得见到的。姑娘们兴致越来越高,一个劲儿地要求再把船开远一些。穆斯塔法非常犹豫,因为几天前就有一艘海盗船来这里骚扰过。离城不远有一个岬角伸入海里,姑娘们很想到那里去看落日时的海景。在船一点点朝岬角挨近时,大家看见离他们不远处有一艘船,上面的人都手执兵器。

我哥哥吩咐水手赶紧往岸边划。他的担心完全是有根据的,因为另外的那艘船正在加速追来。由于那艘船上划船的人更多,眼看那船已经逼近,而且还阻隔了我哥哥的小船返回海岸的航路。姑娘们看到处境危险,又是跳脚又是哭喊。穆斯塔法叫她们保持镇静,但是一点儿作用也不起。她们这样跑来跑去,是会把小船弄翻的呀。可是没一个人听他的话,贼船撵上来时她们都往船的另一边躲避,船真的倾翻了。此时,那艘外来船的奇怪举动也让岸上的人发现了。他们早就怀疑海盗船会来滋事,现在更是得到了证实,于是便派了几条小船前来救助。他们来得正是时候,可以赶上打捞落进水里的人。一片混乱之中,海盗船溜掉了。有两条小船救起了一些人,但是却无法确定是否落水的人全都救起来了。当两条小船挨近点人数时,才发现少了我姐姐和她的一个游伴。同时,船上却多出了一个谁也不认识的陌生人。在穆斯塔法的威逼下,他承认他是海盗船上的人,他是下水去救两个落水的姑娘的,他的同伙急忙要逃走,竟弃他而去了。他还交代说,他看到两个姑娘被那条船拖上去了。

　　我的老父亲悲痛欲绝。穆斯塔法也是一样,因为自己的过错,不仅弄丢了亲爱的妹妹,而且也弄丢了自己的心上人。被掳走的另外的那个姑娘珠莱德的父母早已答应可以将女儿许配给他,只是因为她出身低微贫寒,这件事他还不敢向父亲禀明。我父亲为人

一向严厉，他悲痛稍稍平息时，便派人把穆斯塔法召来，对我哥哥说："你干下的蠢事，把我晚年的安慰和我眼前的欢乐全都剥夺殆尽了。你走吧！不许再出现在我的眼前。我要诅咒你还有你的子子孙孙。只有把法蒂玛给我找回来，我才会收回对你的诅咒。"

我可怜的哥哥没有料到会出现这样的局面。其实他已经下定决心，要找回妹妹和她的女友了，正想请求父亲为他祝福呢，却没料到会蒙受诅咒被轰出家门。不过，虽然他一度被压得抬不起头来，但是一肚子的委屈反倒使得他勇气倍增。

他去找那个被俘的海盗，打听那艘海盗船会驶向何处。他获悉，这帮海盗是专门干贩卖奴隶营生的，很可能会到巴士拉去把那两个俘获的姑娘当女奴出售。

穆斯塔法回去准备行装。这时，父亲的怒气似乎消了一些，因为父亲总算给了他一小袋金币，以充作救人的开销。我哥哥又眼含泪水去与珠莱德的父母告别，接着便出发去了巴士拉。他非得星夜兼程赶路不可，只有这样才能不比海盗晚到目的地。好在他有一匹好马，又没有什么行李，估计第六天黄昏时抵达应当不成问题。可是第四天傍晚时，他正孤零零骑在马上，却不料遇到三个人向他袭击。看到他们拿着武器，个个都身

强力壮,揣想他们要的无非是钱和马匹,未必要伤他性命,于是便高喊说自己无意抵抗。那几个人从马上跳下来,将他双脚在马肚子底下捆绑在一起,由一个人牵着他那匹马的缰绳,让他夹在几匹马当中和他们一起疾驰前进。三个人连一句话也不跟他说。

穆斯塔法沮丧到了极点,看来父亲的诅咒已经在开始应验了,自己性命能否保住都很难说。即使侥幸能捡回一条命,没有了马与钱财,又如何搭救妹妹与珠莱德呢?那三个一言不发的人带着穆斯塔法骑行了至少一小时,接着便拐进了一个狭窄的山谷。山谷四周都是大树,中间有一片丰美的草地,还流淌着一条小溪,真是个再好不过的歇脚之处。果不其然,他见到四下里支着十五到二十顶帐篷。帐篷的支柱上则拴着一些骆驼与骏马。从一顶帐篷里居然还传出了齐特琴轻快的曲调和两个男声美妙的歌声。

我哥哥估摸,找这么一处可爱的地方安营的人该不至对自己怀有什么恶意吧。因此,在那三人解开他脚上的绳子,令他下马跟着走时,他心里倒不太害怕了。他们走进一顶最大的帐篷,里面的装饰也算得上富丽堂皇。有金线绣花的软垫、编结的地毯,还有鎏金的香炉。若是在别处见到这些,便足以证明主人的身份了。但是在此出现,只能说明强盗的胆大包天。在一只软垫上坐着一个小老头儿,他面容丑陋,皮肤黑亮,眉眼、嘴角间无不显露出阴险狡诈的神情,叫人一看就要作呕。尽管这小老头儿想装出一副很威严的架势,穆斯塔法还是很快就看出,帐篷里的陈设与此人的身份一点儿也不相称。这一点,从挟持他的那三个人的话语里也得到了证实。

"头儿上哪儿去啦?"他们问那个小老头儿。"他去打猎了。不过他指定由我来代他管事。"

"这哪儿成啊,"强盗中的一个大声嚷道,"得马上决定,这条狗是到底该宰掉呢,还是让他家里人拿钱来赎。只有头儿才做得了主,你行吗?"

小老头神气活现地站直身子,把手抡圆了要抽他一个大嘴巴,以证明自己可不是个让人小瞧的主儿。可是巴掌没有打着,于是他便骂开了。那几位的嘴巴也是不饶人的,很快,帐篷里充满了一片对骂声。突然,帐篷的门打开了,一个身材高大、威风凛凛的人踏了进来。只见他年轻英俊,赛似一位波斯王子。但除了一柄镶满宝石的短剑和一把雪亮的弯刀之外,他身上的其他服饰倒也不算华丽复杂。他目光坚定,整个人气度不凡,但是只会使人肃然起敬,却不至于令人望而生畏。

"什么人胆子这么大,敢在我的帐篷里高声喧哗?"他大声向那几个惊呆的人喊道。有好一阵,谁也不敢出声。终于,挟持穆斯塔法的三个人中的一个把事情的全部过程说了一遍。听了这番话,那个被大家称作"头儿"的那人气得满脸通红。"我几时叫你代表我管事的?"他朝小老头喊道,声音严厉得吓人。小老头战战兢兢,缩在一个角落里,个子显得更加小了。他刚想溜出去,头儿便对准着他的屁股狠狠地踢了一脚,于是他便像一团东西似的腾空飞出了帐篷。

小老头消失之后,那三个人把穆斯塔法带到头儿跟前。这时,他刚在一个软垫上落了座。"这就是你命令我们去抓的那个人了。"头儿对着被抓来的人看了半天,然后说:"苏里依卡的帕夏[①]!你自己肚子里最清楚为什么会站在我阿巴赞的跟前。"我哥哥一听到这话,赶紧在头儿面前跪下,说道:"哦,老爷!你大概是弄错了,我只不过是个穷苦旅客,根本不

---

① 帕夏是旧时中东北非一带穆斯林地区一种高官的职称。

是你想找的那个帕夏。"帐篷里的人听了这话，都惊讶不已。但是头儿却说："赖是赖不掉的，我可以让跟你很熟悉的人来当面对质的。"他便下令把茹莱玛带上来。过一会儿，一个老太婆被带进帐篷，有人指着我哥哥问她，此人是不是苏里依卡的帕夏。老太婆答道："一点儿不错！正是那个帕夏，我可以对着先知的陵墓起誓。""瞧见了吧，你这个坏蛋！你再耍什么花招都是没有用的！"头儿气鼓鼓地说。"你太卑鄙，我甚至都不想让你的血玷污我的宝刀。明天太阳一出来，我要把你和我那匹马的尾巴绑在一起，让马拖着你跑上一整天，直到太阳下山。"听到这番话我哥哥那颗心沉到了胸底。"唉，我父亲的诅咒果然在起作用，看来我是要死得不明不白了。"他边哭边喊："你也没有指望得救了，亲爱的妹妹，还包括你，珠莱德！""你再装也没有用，"一个强盗一边说着，一边将他的双手绑在背后，"快快走吧，头儿都在咬牙切齿手按在短刀把上了。你想多活一个晚上，就赶紧跟我们走吧。"

就在强盗们把我的哥哥带出帐篷的同时，又有三个人押着一个俘虏走来。他们把他推进帐篷。"我们把帕夏抓到了。你不是命令我们去抓他的吗？"他们边说，边把俘虏往头儿坐着的地方推。我哥哥偷眼望去，只见那个俘虏长相与自己非常相似，只不过皮肤颜色更深一些。头儿对两个俘虏长相这么接近也感到十分惊奇。"你们两个当中究竟哪一个是真的？"他看看这个，又看看那个。"如果你说的是苏里依卡的帕夏，"新来到的俘虏傲慢地说道，"那就是本大人了！"头儿用严厉凶狠的眼光对着他盯看了好一阵，这才挥挥手让人把帕夏带走。

接着他走到我哥哥的身边，用短刀把捆绑的绳子割断，请我哥哥在他身边的一个软垫上坐下。"真是抱歉得很，竟错把你当成那个恶魔了。不过，这恐怕也是天意，你正好在那东西恶贯满盈的时候落进我的弟兄的手里。"我哥哥只求头儿开一个恩，快快放了他让他继续赶路，因为再耽搁下去，真的要误了大事的。

头儿问他有什么急事如此匆忙。在穆斯塔法把一切和盘托出之后，头儿便劝他人困马乏，不如明日再走。而且会指点一条捷径给他，抄近路的话，用上一天半准能抵达巴士拉。我哥哥听从了，他得到了很好的照顾，安安静静地在强盗帐篷里睡了一夜。

一觉醒来，发现帐篷里只有他一人，但是在帐篷门帘外，却有人在说话，像是头儿和那个丑陋的小老头的声音。他细听了一会儿，让他吃惊的是，那小老头在使劲儿撺掇头儿把客人杀掉，说若是放了出去，定会把这里的一切都泄露出去的。

穆斯塔法立刻明白小老头恨他。昨天正是因为他，小老头才吃了苦头。头儿像是先考虑了会儿。接下去又说："那不行。他是我的客人，尊敬客人是我的神圣信条。再说，我看他也不像是个会出卖我们的人。"

他说罢，便把帐门打开，走了进来。"祝你平安，穆斯塔法！咱们先喝点东西，然后你就准备出发吧。"他递给我哥哥一杯果子酒，两人把酒喝下后，便开始备马。穆斯塔法跨上马背时，心情与来时大不一样。两人很快就踏上了一条通往树林的宽阔山路。

那个头儿告诉我哥哥，他们捕获到的那个帕夏原来承诺得好好的，允许他和弟兄们在帕夏的辖区之内自由行动。可是几星期之前竟把他最勇敢的一个弟兄抓了起来，严刑拷打，最后还把那个弟兄吊死了。他们要抓帕夏已经有一段时间，如今总算是逮到了他，今天就是他的死期了。穆斯塔法不敢讲情，他自己能够脱身已经算是万幸。

来到树林边上，头儿勒住了马，向我哥哥指明道路。然后伸出手来和我哥哥告别，他说："穆斯塔法，你在一个特殊的情况下成为我强盗阿巴赞的客人。我不用关照你也明白，在这里所见所闻的一切俱不足与外人道！但你吃了冤枉受了惊吓，我自当给予补偿。拿上这把短刀留作纪念吧，万一需要帮忙，派人把刀送来，我见刀便会星夜兼程去助你一臂之力。这点点钱你也带上，说不定路上用得着的。"

我哥哥对他的慷慨相助表示感谢，他收下短刀，婉拒了那小袋钱。阿巴赞再次与他握手，却有意让钱袋落到地上，紧接着便扭转马头一阵风似的飞驰而去。穆斯塔法眼看追不上他，便下马捡起钱袋。对他的慷慨感到惊诧不已，因为袋子里装的是许多枚金币。他感谢真主，也乞求真主保佑这位豪爽的侠盗，接着便高高兴兴地向巴士拉进发。

在第七天的中午，穆斯塔法走进了巴士拉的城门。他在一家客栈里安顿下来之后，马上就打听一年一度的奴隶市场哪天开市。让他大吃一惊的是他竟来迟了两天。人家都替他感到惋惜，说他损失大了，因为就在最后那天，还有两名绝色的年轻女奴到货。所有的买主都垂涎欲滴，无不想抢到手。只是要价太高，只有一个人出得起，把她们全都买下了。穆斯塔法进一步打听她们的模样，确定了那正是自己要找的人。他还探听到买主的名字叫蒂乌里·科斯，住在离巴士拉有四十里远的地方，是个大名鼎鼎、富甲一方的老人。原来在朝中当过高官，如今赋闲在家，享用着过去积聚的大笔钱财。

穆斯塔法很想立即策马去追赶蒂乌里·科斯，他离开才一天，说不定能够赶上。可是转念一想，自己单枪匹马，又怎么打得赢一大帮家丁呢，要夺下他们新购入的女奴更是痴心妄想了。他决定另想他法，不一会儿他就有了一个主意。人家不是错认他是苏里依卡的帕夏吗，他还差点儿为此丧了命，何不就干脆冒充此人，登门拜访，然后再相机行事，救出两位可怜的女子呢。于是他便雇了几个侍从，租了几匹马，给自己与仆从都换上光鲜的服饰，然后便朝蒂乌里的府第进发。

五天之后，他们来到了目的地。那府第坐落在一处风景秀丽的平野上，四围都筑有高墙，从外面看，只能隐隐约约见到一些楼阁。穆斯塔法到了后，先把头发染黑，又用一种植物的汁水擦脸，使肤色变得跟苏里依卡的帕夏一样深，简直看不出有什么两样。然后他派一个侍从去叩门，说是苏里依卡的帕夏大人希望在府上借住一宿。很快，侍从就回出来了，后面跟着四个衣服整齐的奴隶。他们把穆斯塔法的坐骑牵进院子，并且还扶他下马，领他走上大理石台阶，进入蒂乌里的大厅。

蒂乌里虽然是个老人，兴致却很高。他恭恭敬敬地接待我的哥哥，让自己的厨子拿出本事来，烹调出最好的菜肴来请我哥哥享用。吃过饭后，穆斯塔法一点点把话题往新买的女奴上头引。蒂乌里直夸她们貌美如花，只可惜总是一味地啼哭，让人好生扫兴。不过，他相信情况总会一点点变好的。

我哥哥对于能受到这样的接待，感到非常高兴，他睡下时心里充满了希望。他大约睡了才不过一个小时，就被一盏灯的亮光弄醒了。他坐起来时，还以为自己是在做梦呢，因为手里擎着灯站在他面前的不是别人，而是在阿巴赞帐篷里见到过的那个丑陋的小老头，只见他咧开了嘴在狞笑。穆斯塔法掐了掐自己的手臂，拧了拧自己的鼻子，看看是不是在做梦。可是那魔影依旧存在。穆斯塔法定了定神之后喊道："你到我床边来想要干什么？""你不用枉费心机了，先生！"那个小老头说。"你的来意我早就料到了。再说，你那副尊容，我也是忘不了的。要不是我亲自参加吊死了那个帕夏，说不定真会被你骗过去的。不过，我先要问你一件事情。"

穆斯塔法喊道："你先说清楚干吗来这儿。"眼看秘密很可能已经泄露，他非常生气。

"告诉你倒也无妨。"小老头说，"我跟头儿再也不可能相处下去了，我逃了出来。可是我们的不和就是因你穆斯塔法而起的，所以你得赔偿我的损失，得把你妹妹给我当老婆。我呢，可以帮你逃出去。你若是不同意呢，那我就去告诉我的新主人这位新到的帕夏究竟是什么人。"

穆斯塔法真是又气又怕。他满以为事情快要成功了，却不料半途杀出这个恶鬼来。现在看来要挽救局面只有一个办法，那就是把这恶鬼给杀了。因此他从床上一跃而起，扑向那个小老头。可是那家伙早有准备。他把灯一扔，在黑暗之中往外跑去，边跑还边叫救命。

局势变得十分危急了。他暂时只能先救自己，两位姑娘只好以后再说了。他走到窗

前，看看能否从这里跑出去。窗口离地面相当高，再说外面还有一堵高墙，要逃出去谈何容易。他还在那里盘算，却听见许多人的声音正逐渐逼近，马上就要进入房间了。他绝望中只得拿起短刀与衣服，朝窗外跳去。他摔得很重，幸好骨头好像还没有摔断。他一骨碌爬起来朝高墙跑去。他居然还爬上了墙，翻了出去，使追赶的人大吃一惊。

他飞快地跑，直到进入一个小树林，这时他实在跑不动了，便瘫倒在地。他迅速盘算该怎么办。他没有了马，也失去了侍从。幸好钱袋系在腰带上，总算是没丢掉。

他头脑灵活，不多一会儿便想出了一个新点子。他往前走，穿出树林来到一个村庄。在那儿他没花多少钱便买到了一匹马，他骑上马没用多久就来到了一个市镇。他打听此地可有医生，人家向他推荐了一位经验丰富的老医生。他用了几个金币让医生给他配一种药，吃下这药，就能跟死了一样地睡去，但是再服另一种药又能重新活过来。拿到这两种药之后，他又买了一副长长的假须，一袭黑长袍，以及种种瓶瓶罐罐之类的东西，这样他就可以假装是个走江湖的医生了。他让一头驴子背上这些道具，便向蒂乌里的府第进发了。

他这回很有把握，觉得不可能被人认出来。他那部又大又长的胡子就遮去了大半张脸，连他自己遇到自己也不会认出来的。他来到府第门前，自称是恰卡曼嘎布蒂巴巴大夫求见，烦请门子向主人通报。接下去的一切都如他所预料的那样。他那又长又拗口、莫测高深的大名真把那个愚蠢的老人给镇住了，他马上被请去与主人一起进餐。恰卡曼嘎布蒂巴巴见过了蒂乌里。在交谈了一小时之后，老人对这位大夫的医道佩服得五体投地，决定请这位名医给府中所有的奴隶不管有病没病都瞧上一瞧。我哥哥听了真是喜出望外，因为这一来就有望重见亲爱的妹妹了。他一边随蒂乌里走向他的后院，一边心里怦怦直跳。他们进入了一个精致的房间，却见不到一个奴隶的影子。

"恰姆巴巴先生，大名倘若叫得不对还得请先生多多原谅，"蒂乌里说，"请看，

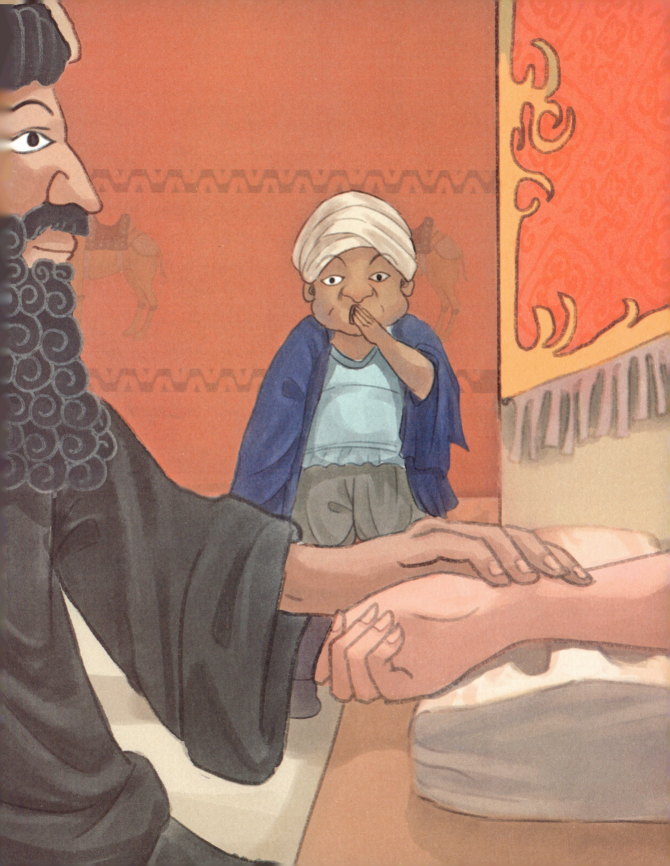

这儿的墙上有一个窟窿。待会儿每一个女奴都会把胳膊伸出来,你就可以给她们切脉,知道她们是不是健康。"

尽管穆斯塔法竭力反对这样做,但还是无济于事,医生就是不方便见到内眷嘛。不过蒂乌里最后还是做了一个让步,同意每诊视一个,就把她以往的健康状况告诉医生。蒂乌里接着从腰间抽出长长的一张纸,开始大声地宣读他的奴隶的名字。果然每叫到一个,就会有一只手从洞里伸出来让医生切脉。已经叫了六个名字,全都是健康无恙的。蒂乌里叫响的第七个名字是"法蒂玛",叫完后,只见有只雪白的小手从洞里伸了出来。

穆斯塔法兴奋得简直是浑身发抖。他握住那只手,装出一副忧心忡忡的样子,宣布说这一个病得可不轻呢。蒂乌里一听十分焦急,求神医恰卡曼嘎布蒂巴巴赶紧为她开一副方子。大夫走到外面,在一张小纸条上写道:"法蒂玛,我来救你了!但你得同意服下一种药,它会使你假死两天!我有解药,可让你复生。如果同意,你就推说这回开的药一点儿都不灵。这就表示你同意这样做。"

他写完就回进蒂乌里在等着他的那个房间。他取来一种服了不会有什么害处的药,又说还要再细切法蒂玛的脉。切脉时,他偷偷将小纸条塞在她手镯内侧,同时把那种无害的药通过墙上的洞递给她。蒂乌里像是很为法蒂玛的病担心,决定把其他女奴的检查先推迟一步。他陪神医离开房间时,很忧虑地问道:"恰地巴巴,请你老实告诉我,法蒂玛的病情究竟如何?"神医深深地叹了一口气,回答道:"唉,老爷啊!但愿先知能带给你安慰。她得的是一种致命的热病,真是凶多吉少啊。"蒂乌里登时大怒,竟然大骂起来:"胡说什么呢,你这乌鸦嘴!我足足花了二千金币买下的她,莫非会像头病牛那样死掉不成?你给我听好,你要是治不好她,小心自己的脑袋!"

在他们这样说着的时候,一个黑奴从后院里匆匆跑来禀告医生,"方才的那种药吃下去一点儿也不见效。"

"有本事快快全拿出来呀，你这个叫什么恰卡姆达巴贝尔巴的混蛋！治好了，你要多少诊费都可以。"蒂乌里都快哭了，他直心疼那么些金币会连一声叮当响都没听见就全都打水漂了。

"那让我来给她换一种别的药试试看，这肯定会消除她所有痛苦的。"大夫回答说。

"好！好！那就马上开给她。"蒂乌里哭丧着脸说。

正中下怀，穆斯塔法赶紧去拿那种麻醉剂。他把药交给黑奴，吩咐他该怎么服用。然后他又对蒂乌里说，要去湖边采集一种镇痛安神的草药，说完便离开了府第。来到离府第不远的湖边，他脱下伪装用的长袍等物，把它们扔进湖里，只见东西都轻飘飘地浮在水面上。接着他躲进树丛，等到天黑才悄悄地潜往蒂乌里家的墓地。

穆斯塔法走出府第还不到一个小时，便有人向蒂乌里禀报，法蒂玛眼看要不行了。他派人到湖边去找医生，可是他们不一会儿就回来报告说，那个倒霉的医生掉到水里淹死了，还能见到他那件黑袍子在湖水中央漂着呢，那部漂亮的长胡子也在水面下一动一动的呢。蒂乌里一看没有希望了，气得骂天骂地连带着诅咒自己，还揪自己的胡子，把自己的头往墙上撞。

但是这一切均无济于事，在众女子的照看下，法蒂玛还是断了气。蒂乌里听说之后，便赶紧找人打棺材，因为他容不得家中停放死人，让人尽快把她抬到墓地去。几个奴隶把棺材抬到那儿，一放到地上立刻就吓得往回跑。因为他们听见别的棺材后面有呻吟哀叹的声音。原来躲在那里的就是穆斯塔法，是他有意把那几个人吓跑的。此刻他从躲藏的地方走出来，点亮了一盏灯，这是他特地带来的。他又从腰间取出解药，再去掀开棺材盖板。可是让他大吃一惊的是，灯光照着的竟是一副陌生的面孔！棺材里躺着的既非我的姐姐，亦非珠莱德，而是另外一个姑娘。过了好久，他才从这致命的打击下清醒过来。同情心终于还是战胜了他的愤怒。他打开小药瓶，给她灌下一些药水。她终于出气儿了,也睁开了眼睛,只是好久还弄不明白自己是在什么地方。终于她记起了一切,从棺材里爬了出来,扑倒在穆斯塔法的脚下。

"好心人啊,我该怎么感谢你呢?是你把我从地狱里解救出来的呀!"穆斯塔法打断了她的话,只问怎么救出来的是她,而不是自己的妹妹法蒂玛。她惊愕地盯着穆斯塔法。"我现在才明白怎会遇到这等奇事,被人救了出来。方才我还糊里糊涂的呢。你可知道,在府里,我的名字就叫法蒂玛。小纸条和吃了就入睡的药你都是交到我手里的。"穆斯塔法赶紧向这个获救的姑娘打听他妹妹和珠莱德的消息,这才知道,她们确是在府第后院,但是按照蒂乌里的家规,已经改了名字。她们现在叫作密尔查和努玛哈尔了。

那个法蒂玛,见到我哥哥一脸愁容的样子,便给他打气,说可以告诉他一个救出两个姑娘的办法。穆斯塔法一听便来了精神,赶紧问姑娘有何办法。姑娘说:"虽然我做这个人家的女奴才五个月,但是从第一天起我就想逃跑,只是孤身一人要做到实在是太难了。我想,你必定注意到,后院里有一个能喷十股水的喷水池。我琢磨过这东西。我记得我父亲花园里也有这样的喷水池,水是由一个很粗的暗渠通进来的。为了弄清两处的结构是不是一样,有一天,我故意在蒂乌里面前夸奖这水喷得真是太壮观了,还问这是谁设计的。'设计师就是老爷我呀。'他回答说,'你看到的还不是全部的工程呢。水是从至少一千步之外的一条山溪里引过来的,还要通过一道至少一人高的安有拱顶的暗沟。这一切全是我独自设计的。'我听了以后,恨不得哪怕片刻工夫有男人那么大力气,我就能把盖住暗沟的一块石头搬开,像只鸟儿似的自由自在地飞出去。我可以把暗沟指给你看,而你呢,可以在夜里潜入府中,把其他人解救出来。不过,你还需要两个人帮忙,这样才能制伏晚上看守后院的家丁。"

经她这么一说,我的哥哥穆斯塔法虽然两次经受挫折,却又在胸中燃起希望的火花,他祈求能在真主庇佑下,实现那位女奴的计划。他答应她,只要帮自己找到通往后院的入口，一定设法送她回家。不过，又有一件事使他发愁，他又上哪里去找两三位忠心耿耿的帮手呢。突然之间，我哥哥想起了阿巴赞的短刀以及他的承诺：一旦有需要，必定会来帮忙。于是他带那位法蒂玛一起离开墓地，去寻找那伙强盗。

就在他买医生衣饰用具的那个市镇里，他用剩下最后的那点钱买了一匹马，又将法蒂玛安置在城郊一个穷苦老婆子的家里。他自己则前往遇见阿巴赞的那个山谷。三天后他抵达那里。他很快重新找到了那些帐篷，阿巴赞见到他不免有点感到突然，但还是很热情地接待了他。他向阿巴赞叙述了两次失败的经过，连满脸严肃表情的阿巴赞也时不时忍俊不禁，特别是想到他如何假扮恰卡曼嘎布蒂巴巴的时候。听到那小老头如何奸诈狡狯时，他又是气不打一处来，发誓踏遍天下也要抓到这个老东西，到时候一定亲自动手将他绞死。对于我哥哥希望得到帮助的请求，他也满口答应，说是客人旅途劳顿，先好好歇上一夜再说。于是穆斯塔法又在阿巴赞的帐篷里睡了一夜。第二天清早他们就出发了，还带上了三个最得力的帮手，全都配上好坐骑，带着最顺手的武器与工具。他们一路快马加鞭，只用了两天就来到穆斯塔法安置救出的姑娘的那个小城镇。

他们一行人在那个姑娘的带领下，来到一处小树林，从那里看蒂乌里府第遥遥在望，他们在这里安顿下来等待黑夜的降临。天刚黑，他们就跟着法蒂玛，蹑手蹑脚向接通山溪的输水管走去。他们让一个侍从留下，看管马匹与保护姑娘，其余人准备进入输水道。那姑娘临了又向他们仔细叮嘱了一番，说千万要记住：出了喷水池就进入后院了，在那儿可以看到左右角上各有一个高塔，从右面高塔数过来的第六个房间，就是法蒂玛、珠莱德住的地方了，有两个黑奴看守着的。

穆斯塔法、阿巴赞和剩下那两个侍从听罢，便带着撬棍和武器下了输水道。水没到他们的腰带那里，但他们还是急速前进。过了约摸半个小时，他们便到达喷水池边上了，他们立即用铁橇干起活来。墙很厚也很结实，但是毕竟抗不过四条汉子的联合努力。很快，他们就挖开了一个可以轻易通过的入口。阿巴赞第一个钻进去，接着又帮那三个人也钻了进去。他们一起来到后院，察看挡在他们前面的府第的侧翼，以便找到姑娘跟他们比画过的那扇门。可是他们拿不准到底是哪一扇门，因为若要打右面的高塔数起，有一扇门是砌没了的。他们不知道法蒂玛是算上了这扇门呢，还是没算。但阿巴赞没有多费踌躇，他说："还没有哪扇门能阻挡住我这把好刀呢。"他喊道，便朝第六扇门走去，其他人都跟在他的身后。

他们推开门，只见有六个黑奴睡在地上。发现找错房间，他们正准备退出，这时角落里的一个人跳起来大喊救命。这声音他们再熟悉不过了，原来这就是原先在阿巴赞帐下当差的小老头儿。还不等那些黑奴醒过神来，阿巴赞就一拳打翻小老头，扯下他的腰带，一半塞进他的嘴，另一半将他双手捆在背后。他再接着去对付其余那些黑奴，其实他

们已经差不多让穆斯塔法和别的人给制伏了。他们把刀剑对着黑奴，逼他们说出努玛哈尔和密尔查住在哪个房间，黑奴说就是隔壁那间。穆斯塔法冲进去，只见法蒂玛、珠莱德都在，她们已被吵醒了。两个姑娘急急穿好衣服，戴上饰物，跟着穆斯塔法出来。这当儿随从的强盗正向阿巴赞建议何不趁便抢上一通。阿巴赞连说使不得，他说："趁夜黑入室小偷小摸，这岂非要辱没我阿巴赞的英名。"穆斯塔法和那两个姑娘赶紧从水池边上那个窟窿潜出去，阿巴赞说他一会儿就来与大家会合。他们走了之后，阿巴赞和一个助手把小老头拖到院子里，用一条事先准备好的绳带，把他吊在了喷水池最高的一处地方。在这样惩罚了奸诈的叛徒之后，他们也钻进窟窿，追上了穆斯塔法。两个姑娘满含眼泪感谢救命恩人，阿巴赞却催促她们赶紧逃命，因为蒂乌里八成是会派人马出来追捕她们的。

　　第二天，穆斯塔法和几位被救出的姑娘依依不舍地与阿巴赞告别。的确，他们是永远也不会忘记他的。先前获救的那个法蒂玛在乔装改扮之后动身前往巴士拉，她打算在那里乘船回家。

　　我的亲人经过短暂而愉快的旅行回到了家乡。骨肉重逢使得老父亲喜不自胜，因此第二天就举办了盛大的宴会，全城的人都来参加了。在亲友们的询问关心下，穆斯塔法只好把经过情形讲述了一遍。大家都异口同声夸奖了他，也赞美了那位侠义的强盗。

　　我哥哥讲完之后，父亲站起身来，把珠莱德唤到跟前。他庄重地说道："此刻，我宣布取消对你的诅咒。由于你做出了此番不同寻常的努力，我同意你们的婚姻了。但愿本城能出现更多像你这样富于手足之情、既机智又热情的好青年。"

小穆克的故事

在我亲爱的故乡尼切阿,从前有过一个叫小穆克的人。尽管我那时还非常幼小,却至今仍然清晰记得他,由于他的缘故,我曾经被父亲揍得半死。

我认识小穆克的时候,他已是老人,却只有三至四英尺高,因而模样古怪。他的躯体细小瘦弱,肩上扛的脑袋却比普通人的大得多。他独自居住在一幢大房子里,连烧饭也是自己动手。倘若不是每天中午从他家屋顶会冒出一股股浓烟,城里的居民往往无法判断他的死活,因为他四个星期才出门一回。不过人们确实常常望见他傍晚时分在屋顶上来来回回地踱步,其实从街上瞧去,人们总觉得只有一个大脑袋在屋顶上转动而已。

当年我和小伙伴们全是淘气包,喜欢嘲笑捉弄人,因而每逢小穆克离家上街,都像是我们的盛大节日。我们总在料定他会出门的日子聚集在他家门前,守候着,直到他出来。每当大门打开,首先探出门外的总是他的大脑袋,缠着一块比脑袋更大的头巾;跟

出来的才是小小的全身，裹着一件磨旧了的大衣，套着一条肥大的裤子，腰系一条宽腰带；腰带上挂着一把长剑，那宝剑之长让人不禁怀疑，究竟是穆克挂着宝剑，还是宝剑上挂着穆克。他这副模样一跨出门外，满街就响彻了我们的欢叫声。我们把帽子扔向天空，疯狂地围着他跳起舞来。小穆克却庄重地向我们点头答礼，脚步缓慢地走向街道，脚下发出嗒啦嗒啦的声响，因为他穿着一双又宽又大的拖鞋，我从不曾见过这种大拖鞋。我们一大群孩子追随在他身后，不住口地叫喊："小穆克！小穆克！"我们还编了一首逗乐的小诗向他致敬，并且到处去传唱：

> 小穆克，小穆克，
> 住着一幢大房子，
> 四星期出门才一次，
> 一个老实的小矮子，
> 脑袋倒像一座山，
> 瞧瞧我们在四周，
> 快来抓吧，小穆克。

我们经常如此般恶作剧，说来可耻，我还必须承认是其中最恶劣者，因为我常常拉扯他的外套，有一次甚至从背后踩住大拖鞋，让他摔了一大跤。我当即乐得哈哈大笑，然而我看见小穆克正朝我父亲的住房走去，立即止了笑。他笔直地走进了我家，在里面逗留了一段时间。我躲藏在大门后面，看到穆克由我父亲陪着重新走出来，我父亲还尊敬地用手搀着他，还在大门口向他鞠了许多躬告别。这情景让我心里很害怕，因而在躲藏处待了很长时间。最终饥饿战胜了怕挨打的恐惧，我从躲藏处跑出来，垂着头恭顺地走到父亲身旁。"我听说你侮辱了善良的穆克,是吗?"他用一种极严肃的声调对我说,"我现在给你讲讲这个穆克的故事,你以后肯定不会再嘲笑他了,不过事先你得照例接受惩罚。"这惩罚就是挨打二十五下,每次数得真真切切,一下都不能少的。他随即取来了那根长烟管,旋开琥珀烟嘴,比以往任何一次都厉害地揍了我一顿。

打完二十五下后,他吩咐我记住教训,接着讲述了小穆克的故事。

小穆克本名穆克拉,父亲是尼切阿本地人,很有声望,却很贫穷。他深居简出,就像他儿子如今的生活。他不喜欢小穆克,为他的侏儒式身躯感到羞耻,便听任小穆克懵懵懂懂地过日子。小穆克长到十六岁却还像个可笑的孩子。他父亲是个严格的人,便常常责备他早已脱下儿童鞋,行为举止还像一个傻里傻气的幼稚小孩。

有一天,老父亲重重地摔了一跤,不幸去世了,把又穷又不成熟的小穆克孤零零地留在了人世。死者生前欠了冷酷的亲戚们许多钱而没能偿还,狠心的亲戚们便把可怜的小穆克从老屋赶了出去,让他到外面的世界去寻找幸福。小穆克答复说,他已做好旅行的准备,只求他们把父亲的衣服留给他,这些人同意了。穆克的父亲生前高大健壮,因而他的衣服对于小穆克来说全不合身。小穆克想出了办法,凡是过长的地方都剪短了,却忘记还应该剪去过肥的地方,因而衣服穿在身上显得古里古怪,就像我们今天所见的模样。巨大的头巾,宽腰带,肥裤子,蓝色外套,一切全都是他父亲生前穿戴过的旧物。他将父亲那把大马士革长剑挂在腰际,拿起一根手杖,便独自出门去闯荡世界了。

他快快活活地在外面漫游了整整一天,想寻找到自己的幸福。当他看见地上有一块陶瓷碎片在阳光下闪闪发光,就会捡起藏好,并且深信它将变成最美丽的钻石。当他望见远方一座伊斯兰寺院的圆屋顶红彤彤好似燃烧着的火焰,望见一座湖泊亮晶晶如同一面明镜,他便会欣喜若狂地向它们飞奔而去,以为自己抵达了一处仙境。然而,可惜啊!一走到近处,所有幻象就都消失得无影无踪了,只是催促他想起自己的累乏,想起饿得咕咕叫的肠胃，想起自己还是置身在残酷的人世间。他就这样流浪了两天，忍饥挨饿，忧愁悲伤，为找不到幸福而充满绝望。荒野上的野果子是他唯一的食粮，坚硬的土地是他过夜的卧床。第三天清晨醒来时，他从自己栖身处的小山丘上望见一座大城市。半轮残月把城墙的雉堞①照得晶亮，色彩缤纷的旗帜在屋顶上闪烁发光，似乎正欢迎他前去。他惊讶万分，站起身子，呆呆地注视着那座城市及其附近地带，自言自语道："小穆克将在那地方找到自己的幸福。"他忘记了疲倦，竟手舞足蹈起来，"对，就是那地方，不会是任何别的地方。"他振作起精神，动身走向那座城市。然而，尽管瞧着距离极近，他却足足走了半天，直到中午时分才抵达。他的短小四肢太累了，简直完全不听使唤了，以致他不得不常常坐在棕榈树荫下稍事休憩。最后总算来到了城门口。他整理一下外套，把头巾缠得更美观些，松松腰带扣，长剑挂得斜斜的，接着又掸去鞋上的尘土，提起小手杖，大着胆子走进了城门。

他已经溜达过了几条街道，但是没有任何一扇门向他敞开，也没有任何人招呼他，如他事先所想象的："进来吧，吃一点喝一点，让你的脚休息一会儿吧。"恰恰在他再度热切地抬头仰望一幢漂亮的大住宅时，一扇窗户打开了，一位老妇人嘴里哼唱着：

　　　　来吧，来吧，

　　　　香粥煮熟啦，

　　　　桌布铺好啦，

　　　　请大家来品尝。

　　　　邻居们过来吧，

　　　　香粥煮熟啦。

---

① 雉堞（zhì dié），古代在城墙上面修筑的矮而短的墙，守城的人可借以掩护自己。

住宅门开了,穆克看见许多狗和猫跑进大门。他忐忑不安地站了片刻,不知能否接受邀请,最终还是鼓起勇气走了进去。他身前正跳着几只小猫,便决心跟随它们,也许它们更熟悉厨房的所在。

　　穆克刚走上楼梯,就迎头碰见了那位眺望窗外的老妇人。她脸色阴沉地看着他,问他来干什么。"你不是邀请人人来吃粥吗?"小穆克回答说:"我实在饿得很,所以进来了。"老妇人高声大笑着问:"奇怪的小伙子,你从哪里来?全城人都知道,我只替亲爱的猫狗们煮香粥,而不招待任何人,偶尔我也为它们邀请邻居的猫儿狗儿们来做伴,正是你方才看见的情况。"小穆克便向老妇人叙述了自己的身世,以及父亲死后他生活的艰难,请求她今天让他分享一点香粥。小穆克的悲惨故事深深地打动了老妇人,她允许他做自己的客人,用丰美的食品和饮料款待他。穆克吃饱喝足,恢复了力气。老妇人久久地打量着他,最后向他说道:"小穆克,留下来帮我干活吧,活儿不重,报酬却不错呢。"小穆克刚吃饱香粥,觉得味道不错,便同意了,于是他成为阿弗齐太太的仆人。他的活儿很轻松,却很特别。阿弗齐太太养着两只雄猫和四只雌猫,小穆克必须每天早晨替它们梳理皮毛,然后涂擦上珍贵的油膏。每逢老太太出门在外,小穆克必须注意猫儿们的安全,它们

进食时,穆克得端着盘碟侍候;夜晚时,他得把它们一只只抱到丝褥子上,并且用天鹅绒被子严实地裹好。因为那个阿弗齐太太对待猫儿们简直像自己的亲生子女。此外,他还要照料老太太养着的几条小狗,老太太吩咐无须特别费心对它们,顺便提一下,小穆克的生活依旧像以往在父亲家时一样的孤独寂寞,因为他除了老太太,整天只能看见狗和猫。最初那段日子里,小穆克的感觉很好,他总能吃得饱饱的,工作也不累,而且那位老太太显然对他十分满意。然而,那些猫儿逐渐变坏了,老太太一出门,它们就俨然以主人自居,在房间里四处乱蹦乱跳,把所有的东西弄得乱七八糟,还打碎了那些挡住

它们走道的美丽器皿。每逢老太太的脚步声在楼梯上响起,它们就跳回自己的软垫,对着她摇摆尾巴,似乎没有发生过任何情况。当老太太发现房间里一片狼藉,就会火冒三丈,怒气全都出到了小穆克身上,她不像穆克设想的那样相信他的表白,而是信任她的猫儿们,它们显露的一副清白无辜的模样,远远超过了这位仆人。

　　小穆克十分悲伤,因为他在这里也没有找到幸福,决定辞去阿弗齐太太给他的差事。他第一次出门时就体会到,倘若身无分文,情况会很糟糕,他便决心想方设法弄到女主人常常挂在嘴边却不曾付他分文的报酬。阿弗齐太太的住宅里有一间始终锁着的房间,穆克没见过屋内的情况,却经常听见老太太在里面翻动东西的声音,因而一直热切地想知道她在那里藏了什么。如今他为自己的旅费发愁,便想到了老太太可能在屋里藏着宝贝,可惜房门始终紧紧地锁着,因而不可能解决他的难题。

　　有一天早晨,阿弗齐太太出门去了,一只小狗跑来咬扯他的宽大裤脚。这只小狗平日常受阿弗齐太太的虐待,穆克却关心爱护它,小狗便很依恋穆克。这时它又咬又叫,似乎要穆克跟它走。小穆克很乐意和小狗玩耍,便跟着它走了。小狗带领他一直走进了阿弗齐太太的卧室,他看见了一扇过去从未注意到的小门。小门半掩着。小狗跑了进去,穆克紧紧地跟着,小屋里存放的都是穆克向往已久的东西,他不禁惊喜万分。他满屋子窥探了一遍,没有发现他想要的钱,到处是旧衣服,此外全是稀奇古怪的器皿。其中的一样东西特别惹他喜欢,那是一件水晶玻璃制品,雕刻着许多美丽的人像。穆克拿起它,转来转去地观赏。哎哟,惨了!他没注意到它有一个盖子,只松松地覆在上面,盖子掉落下来,碎裂成上千块儿小破片。

　　小穆克吓傻了,屏住呼吸直挺挺地站了很久。如今他的命运已定,他必须快快地逃走,否则老太太会打死他。一旦他决定离开,就又打量起房间周围来,难道从阿弗齐太太的财宝堆里找不出路途中有用的东西吗?一双又厚又大的拖鞋映入他的眼帘,它们确实不漂亮，然而自己脚上的这双鞋早已破烂不堪；同时，正因为拖鞋肥大，他穿上脚后必定会让人们觉得自己不再是小孩子。于是他飞快地脱下小拖鞋，把脚伸进了大拖鞋。这时他看见了一根旅行用的小手杖，杖上雕着美丽的狮子头，放在屋角简直太可惜了，小穆克于是也顺手拿起它，急忙跑出了房间。他迅速地回到自己的卧室，穿上外套，戴好父亲遗留的头巾，把长剑插入腰带，便尽自己双脚的能力全速飞跑起来，很快就跑出了城市。他出城后，仍然继续向前飞跑，因为怕老太太追上自己，直到他后来实在累极了。他这一辈子还从不曾跑得这么快，是啊，他感到自己简直停不下来，似乎有一种神秘的力量在驱使他向前飞奔。他最终发现，原来这双大拖鞋有独特的功能，因为它们总是不断地带着他疾驰。他想尽办法让它们静止不动，却没有成功。他在万不得已的情况下，竟像马夫驱赶马匹一样吆喝起来："嗨——嗨，停下，嗨！"拖鞋停住了，穆克精疲力竭地倒在地上。

拖鞋让穆克深感欣慰，因为他总算没有白干活，他赢得的报酬正好可以帮助自己走遍世界寻找幸福。尽管十分快活，他还是睡着了，小穆克的瘦弱身躯承担着如此沉重的脑袋，实在难以持久。他在睡梦中遇见了帮助他从阿弗齐太太家拿走拖鞋的小狗，小狗对他说："亲爱的穆克，你还不知道拖鞋的全部用处呢，告诉你吧，你只要穿着它们用脚跟在原地旋转三圈，你就能飞到你想去的任何地方；而你提着的小手杖能帮助你找到宝藏，它发现哪里埋着金子，就会自动地向地面上叩击三下，倘若是银子就叩击两下。"小穆克做了这样一个怪梦，醒来后细细地回溯着梦中的奇事，决心立即试验一番。他穿好拖鞋，微微抬起一只脚，开始旋转。谁若曾经尝试穿着又大又不合脚的厚拖鞋，玩弄这类旋转三圈的技艺，那么就不会奇怪，小穆克的试验并没有立即成功，大家可以想一想他那沉重的脑袋在肩上摇来晃去的情景吧。

可怜的穆克重重地摔倒了好几回，然而他没有气馁，还是继续再试验，最终成功了。他觉得脚下踩着轮子似的，可以随意转动。他刚希望能去下一个城市，拖鞋一下子就飞上了天空，风驰电掣般穿过云层，没等小穆克想清楚发生了什么事，他就已经置身在一个到处是货摊的大市场，那里熙熙攘攘热闹非凡。他在人群中来来回回地走了一会儿，很快就明智地退到了一条比较清静的街道上，因为他走在市场上总是时而被人踩住拖鞋，几乎摔了跟斗；时而又会以长长伸出的剑碰撞别人，差一点招致斗殴。

小穆克静下心认真思索起来，他应该如何着手挣钱生活呢？尽管他有一根小手杖，能够指出埋在地下的财宝，然而，他应该从何处着手呢？哪里可能埋着金子或者银子呢？同时，钱对他虽然十分必需，他却不屑于干这类事。最后他想到了自己的飞毛腿，他考虑着可否利用拖鞋维持生计，决定用快跑的本领挣饭吃。他还希望国王会因为自己有这一本领而给他一个信使的职位，并付较高的报酬，于是便来到了王宫前。守门卫兵询问他来此何事，听说他想找差事，那人就让他去见奴隶总管。穆克向总管提出了申请，请求谋到国王信使的职位。奴隶总管用眼睛从头到脚细细地打量了穆克，开言道："什么？瞧你这双短腿，还不足一尺长呢，竟想当国王的信使？走开吧，我没有工夫同傻瓜开玩笑。"小穆克立即向他保证，自己的申请绝对可靠，他愿意和任何跑得最快的人进行比赛。奴隶总管觉得整个事情可笑极了，便命令他当天傍晚做好比赛的准备。随后领他去厨房，先让他美美地吃饱喝足。总管自己则来到国王身边，叙述了小穆克向他提出的要求。国王是个爱寻开心的人，听总管讲这个小矮人可以逗乐取笑，很是喜欢，吩咐总管安排在王宫后边的大草地上举行比赛，以便让朝廷里的所有人都能舒舒服服地看到赛跑比赛，并再一次命令总管悉心照顾好小矮子。国王告诉王子和公主们，他们将在黄昏时分看一场什么样的好戏，他们又立即转告了自己的仆人们。于是，当大家热切期待的傍晚来临之际，凡是能够走动的人都纷纷拥向已经搭好看台的大草地，要亲眼看看大言不惭的小矮子如何赛跑。

待国王和他的儿女们在看台上坐定，小穆克便出场了。他向这些显贵人物优雅地鞠躬施礼。人们一见这个小矮子，欢呼声便响彻云霄。那里的人从没有看见过这等形象：瘦身躯却扛一个大脑袋，细小的脚竟套一双又厚又大的拖鞋。"哎呀！这模样太滑稽了。"人们禁不住高声大笑。小穆克却丝毫也没有被笑声冲昏头脑。他支着他的小手杖，自豪地直挺挺地站立不动，等待着对手出场。奴隶总管按照小穆克的希望选拔了本国跑得最快的选手。这位选手现在也出场了，站到了小矮子旁边，两人静候着出发信号。公主阿玛查挥动纱巾示意比赛开始，两位选手就好似两支飞箭射向靶子，疾驰过草原。

穆克的对手开始时猛然起跑领先一步，然而凭借拖鞋法力的穆克很快就超过了他，早早地就抵达了目的地，这时另一位还在气喘吁吁地奔跑呢。观众们诧异地呆傻了好一会儿，直到国王第一个拍手喝彩，大家才欢呼起来，齐声喊："好棒啊，胜利者小穆克！"

人们把小穆克拥向国王身边，他跪在国王面前说道："至高无上的国王啊，我谨向国王敬献一点小小的技艺，希望在信使队里谋得一个职位。"然而，国王却答复说："不，我封你为贴身信使，随侍在我身边。亲爱的穆克，每年赐你一百块金币的俸禄，你将享用一等侍者的美食。"

穆克此时深信，他终于得到了寻找已久的幸福，内心欢欣万分。他也为国王对自己的特殊恩宠而高兴，因为国王总让他传递最紧迫和最秘密的信件，而他也总是办理得十分妥当，其速度之快更令人难以置信。

可是国王的其他侍从全都不喜欢他，因为他们不乐意看到这个除去跑得快便一无所长的矮子比自己更受主子恩宠。他们设了许多诡计谋害他，全失败了，什么都不能动摇国王对他的信任。国王册封他为自己的首席信使，穆克在极短时间内就获得了这一殊荣。

穆克秉性太善良，他并非没有察觉他们的阴谋活动，却不想报复，恰恰相反，他想方设法让敌人喜欢和需要自己。他忽然想起了放置了很久的手杖。倘若能找到财宝，他就可以取得这批先生的欢心。他经常听说，往年敌人大举入侵之际，当今国王的父亲在地下埋藏了大量财富。人们又传说，他战死在疆场，因而未能把藏宝的秘密告诉自己的儿子。于是穆克开始把小手杖总带在身边，希望有朝一日会走过老国王埋藏金子的地点。有一天黄昏，他偶尔经过宫殿花园的一处偏僻角落，他以往很少去那片冷僻地带。突然，他感到小手杖颤动起来，并向地上敲击了三下。他当即懂得这意味着什么。他拔出长剑在周围的树干上做了记号，又悄悄地回转宫里。穆克弄到一把铲子，等待天黑时行动。挖掘工作比穆克事先想象的艰难得多。

他的胳臂太瘦弱，而铲子又大又沉重，整整掘了两个钟头，才挖到一两尺深。最后他总算听见铲子碰到了某种硬物的响声，便更加卖力地向下挖，很快就看到

了一只巨大的铁盖子。穆克跳进土坑，揭开铁盖子，他看到了满满一罐子金光闪闪的金币。然而他力气太小，实在拿不动整罐子金币，只得尽量把金币装进裤兜和腰带里，还脱下小外套包满了一大包，随后小心翼翼地掩盖好余下的部分，立即动身回房。说真的，他若不穿那双拖鞋，恐怕简直寸步难行，金币的分量该把他压垮了。他神不知鬼不觉地回到自己的房间，把金子都藏进了大躺椅的软垫下。

小穆克眼看自己成了大量财富的主人，心想局面会大大改观，他将会在宫廷里争取到许多亲切的拥护者、追随者。然而，仅仅这件事就足以证实，善良的小穆克必定没有受过谨慎细致的照料和教育，否则他就绝不会考虑用金币来换取纯真的友谊。啊！当年小穆克若是擦去拖鞋的尘土，小外套里装满金币逃之夭夭就好啦！

小穆克开始大把大把地散发金币，引起宫里其他侍从的妒忌。厨务总管阿霍里说："他制造假币。"王宫总管阿赫麦特说："他全靠磨嘴皮得赏。"财务总管阿尔夏兹最恨他，直截了当地说："他是小偷。"其实阿尔夏兹自己才一直染指国王的钱箱呢。为了证实他们揣测的事，他们约定由酒务总管柯克舒兹出面。有一天，柯克舒兹故意在国王面前装出一副十分悲伤和沮丧的模样，他伤心的姿态非常引人注意，以致国王询问他出了什么事。"唉！"他回答，"我真伤心，因为我失去了陛下的恩宠。"国王反驳说："难道我仁慈的阳光没有每天照射你？"酒务总管便说道："是啊，首席信使浑身装满了金币，而他这个可怜的侍从却什么也没有。"

国王一听很是震惊，便让他细说小穆克散发金币的情况。于是阴谋者的诡计轻松得逞，国王怀疑小穆克采用某种手段偷窃了皇家金库的财富。事态的变化使财务总管极其称心，毫无疑问，他不喜欢核算账目。国王下令，让人监视小穆克的一举一动，要在他干坏事时当场捉住他。在这不幸日子的下一个夜晚，小穆克发现他的慷慨大度几乎掏空了自己的钱箱，就拿起铲子，悄悄地溜进了宫殿花园，打算从秘密库存里再取一些应用。厨务总管阿霍里和财务总管阿尔夏兹率领一队卫兵远远地跟随着他,就在他从罐子里掏出金币装进自己小外套的一瞬间,卫兵们扑倒了他,把他捆了起来,把他立即押送到国王面前。国王在睡梦中被唤醒,显然很不高兴,对待自己可怜的首席信使极为严厉,立刻便开始审讯。人们已把钱罐从土里挖出,连同铲子和装满金币的小外套一起放在国王脚前的地板上。财务总管报告,正当穆克把金币罐埋进地里时,他率领卫兵出其不意人赃俱获。

国王审问被控告者一切是否属实,又是从何处获得这些他想埋藏的金币。

小穆克自感无罪,辩解道:"金币罐是我在花园里发现的,我不是埋罐子,而是想挖出来。"

这番供词引起了哄堂大笑,唯有国王因这个小矮人的厚颜无耻而勃然大怒,大声训斥说:"多么卑鄙!你偷窃了国王的财宝,还敢如此愚蠢恶劣地撒谎!财务总管,我命令你查清这堆金子是否确实是我金库里遗失的金币!"

财务总管回答说,他绝对保证这正是这段时期以来金库里欠缺的数字,丢失的甚至还要更多些呢,他可以发誓,这些是被窃走金币的一部分。

于是国王下令用铁链锁住小穆克,把他关进了监狱,金币则交由财务总管重新收入金库。阿尔夏兹为案子有此结局而大感欣喜,他在家里细细清点着明晃晃的金币,这个坏良心的男人却隐瞒了他在金罐底部发现的一张字条,上面写着:

敌人正潮水般入侵我国,因而我在此埋下我的部分财产。谁若发现这批财宝,却不立即移交给我的儿子,他将受到国王的诅咒。

国王 萨地

小穆克在牢房里凄惨地思量着自己的命运，他知道，盗窃国库将判处死刑，然而他不愿意向国王坦白小魔杖的秘密，他有理由害怕国王会抢去自己的手杖和拖鞋。真可惜，拖鞋派不上用处，因为他被铁链紧锁在墙边，怎么忍痛使劲，也无法转动脚跟。当穆克第二天听说自己将被处死时，不禁思忖道：与其被杀，倒不如没有宝贝而活在人间。于是请求国王单独接见，终于披露了秘密。国王起初还不肯轻信穆克的供认，小穆克应允先做试验，只要国王承诺不处死自己。国王认可后，便派人避开穆克耳目在某处地下埋藏了一些金子，命令穆克用小手杖去寻找。穆克很快就找到了：因为小手杖清清楚楚地在这块地上叩了三下。于是国王觉察出财务总管欺骗了他，就依照东方国家惯用的通例，派人送给阿尔夏兹一条白绫，让他自缢，随后对穆克说：“我确实承诺过不处死你，但是我认为你肯定不仅拥有小手杖这一秘密。因而，你将永远被囚禁，倘若你不说出行走如飞的缘故。”小穆克经历过难以忍受的囚室之苦，只得招认了。他说魔法全在拖鞋上，却没有向国王传授如何用脚跟在鞋上旋转三次的秘诀。国王亲自套上拖鞋进行试验，发疯似的在花园里四处乱窜，几次三番想止住脚步，却停不下来，因为他不知道让拖鞋停止的秘密。穆克不想放弃这次小小的报复机会，眼睁睁地看着他飞跑，直至他精疲力竭地晕倒在地上。

国王恢复清醒后，对小穆克大发其火，因为他竟让自己跑得喘不过气来：“我遵守诺言，不处死你，让你自由，然而你必须在十二个小时内离开我的国土，否则就吊死你。”国王接着吩咐库房看守人把拖鞋和手杖收入库房。

小穆克比过去更一无所有地离开了这片国土。他咒骂自己愚蠢，竟敢妄想在宫廷里扮演一个重要角色。幸而这个把他驱逐出境的国家很小，几个小时后他就抵达了边境，尽管他已习惯穿那双可爱的拖鞋行走，以致一路上步履艰难。

他走出边境后就避开行人熙来攘往的繁华街道，想在树林茂密处寻找一片最荒芜的土地休息，因为他对所有的人都很生气。小穆克在一处茂密的树林中发现一片平地，完全符合他的心意，就决定在此歇息。这里有一道清澈的泉水，周围环抱着树荫匝地的巨大的无花果树，一片柔软的草坪正向他发出邀请，他就躺下身去，决心不再进食，而是在这里静候死神光临。他悲哀地期待死亡，却沉沉地睡着了，重新醒来时饥饿感开始折磨他，便自思自忖：活活饿死太可怕了。于是环顾四周，也许可以找到什么吃的东西。

无花果树上挂满了诱人的成熟果子，而他正躺在树下呢。穆克爬上树去采摘

了一些，美美地吃了一顿，随后爬下树走到泉水边，想喝几口水解渴。当他望见水中映出的脑袋竟长着一双巨大无比的耳朵，脸上还点缀着又粗又长的鼻子，这一吓真非同小可！他惊恐地用双手去摸自己的耳朵，千真万确，它们足足超过半尺长。

"我长出了驴耳朵！"他大叫一声，"难道因为我蠢得像驴子吗？"他在无花果树下转来转去，直到重又感觉饥饿，不得不再度以果子充饥，否则便只有饿死了。他吃完第二顿无花果，想试试把那双耳朵塞进庞大的头巾下,也许会不那么显眼可笑,却感到长耳朵不见了。穆克急急地奔到泉水旁,看看是否属实,事实的确如此,他的耳朵已恢复了往日模样,那条奇形怪状的鼻子也已消失得无影无踪。他现在明白这是怎么回事了。第一次吃无花果会长出巨大的鼻子和耳朵,吃第二次能够治愈这种毛病。他欣喜地认识到这场好运气再一次交给了自己一种获得幸福的妙方。他从这些无花果树上采摘下许多果子,能够携带多少就带走多少,转身走回刚刚离开的国家。他在走过的第一座小城市里穿上一套让别人认不出自己的另一类服装,接着径直向那个国王居住的城市走去,很快就抵达了目的地。

那时恰逢缺乏新鲜水果的季节。小穆克根据往日的经验,知道厨务总管这时候总在王宫门口替国王的餐桌采购罕见的食品,就坐在宫殿大门下等候。穆克坐下不久就望见厨务总管走出了宫殿。他细细地打量着小贩们陈列在宫门口的货物,目光终于落到了穆克的篮子上。"啊,难得的好东西!"他说,"国王陛下肯定会满意,这一篮子多少钱?"小穆克出了一个比较低廉的价格,很快就完成交易。厨务总管把篮子交给一个奴隶,继续往下采购。小穆克则迅速悄悄地躲开了,一旦宫廷里王公贵族的脑袋上出了事,必然会搜寻小贩,并且严加惩罚的。

国王在餐桌前心情特别愉快,夸奖自己的厨务总管除了善于烹饪,还会细心搜寻到最珍稀的食物。这一回厨务总管心里清楚,最后还会有好东西上桌,便只是得意扬扬地简单回答说:"晚餐才刚刚开头呢。"或者说:"结局好,才算真正好。"这些话让王子公主们好奇极了,只想看他最后会拿出什么东西来。当他端出漂亮诱人的无花果时,在场的人不禁齐声"啊"了一声。国王叫嚷说:"多么鲜美的熟果子!厨务总管,你真是个了不起的人,值得我特殊宠爱!"国王边说边亲手分配餐桌上罕见的无花果:

每个王子分到两只,每个公主也是两只,王公贵族和贵夫人各得一只,其余的便全留给了自己,接着就贪婪地大嚼起来。

"上帝啊,你的样子多么古怪,父亲!"公主阿玛查忽然叫喊说。大家望着国王,惊呆了:脑袋边伸出两只巨大的耳朵,一条长鼻子拖到了下颚。他们再互相一望,更是又惊又怕,每个人的头上都或多或少地点缀着这种古怪的装饰。

想象一下整个宫廷的惊恐情况吧!国王立即派人找来了全城所有的医生,他们聚集在一起,开出了一大堆药方,有丸药,有药物合剂,然而,长耳朵和大鼻子都原封不

动。有一位王子接受了手术治疗，但是耳朵又长大了。

穆克躲藏在自己寻觅的栖身之处，他听说和了解了事情的全部过程，一切都在他意料之中，知道现在可以开始行动了。穆克事先便用出售无花果的钱购买了一套服装，伺机穿戴整齐，再粘上山羊毛做的长长的白胡子，就化装成了一位学者。他装满一口袋无花果走进王宫，以外国医生的身份求见国王。人们开始不是很相信他，一待小穆克用一枚无花果治疗好了一位王子，把他的耳朵和鼻子恢复原样后，大家就争先恐后地求穆克治病了。此时国王默然地拉住穆克的手，把他领进自己的卧室，又用钥匙打开一扇通向金库的房门，示意穆克跟着自己入内。"我的宝物都在这里，"国王说，"倘若你帮我摆脱耻辱的困境，我保证赠给你凡是你选中的东西。"这番话传进小穆克的耳中恰似美妙的音乐。他刚进门就看见拖鞋就放在地板上，并排放着的是小手杖。穆克装模作样地在大厅里转悠着，似乎被国王的珍宝迷住了。然而一待他来到拖鞋旁，就猛地把双脚伸进拖鞋，用手抓起小手杖，又一把扯下假胡子，向惊呆了的国王显露出被驱逐的穆克的熟悉面孔。"背信弃义的国王啊！"他开口道，"你对待忠诚的服务不予报答，这副畸形的丑样是你应得的惩罚。长耳朵就留给你了，让你天天都想念小穆克。"他说完这番话，迅速地用脚跟旋转了三次，还没等国王喊人来援救，小穆克已经消失得无影无踪。

从此以后，小穆克就一直居住在我们这里，生活很富裕，却很孤独，因为他蔑视世俗的人们。穆克的经历使他变成了智慧长者，尽管他的外貌有点古怪惹眼，他却值得人们赞美而不该加以嘲弄。

假王子

　　从前在亚历山大里亚有一个品行端正的小伙子，名字叫拉巴伉，他跟随一位技艺熟练的裁缝学习手艺。人们绝不能说拉巴伉不善舞针弄线，恰恰相反，他的活计十分精致。人们也没有理由直截了当地说他是偷懒之徒。然而拉巴伉与其他手艺人确实不完全相同，因为他常常能够一小时一小时不间断地缝纫，直到缝针在手中发红灼热，缝线也冒起了轻烟，制成的活计是任何其他人无法企及的。但是，多么可惜，他有时还有点不对劲。他常常长时间地沉思默想，双眼直瞪瞪地望着前方，整张脸和全身都显出某种特殊的仪态，每逢这类情况出现时，他的师傅和其他学徒就总要说同样的话："拉巴伉又要不可一世了。"星期五下班，大家会去清真寺做祈祷。祈祷结束后，别的小伙子就安安分分地动身返家。拉巴伉却穿着一身自己千辛万苦省钱制成的漂亮服装，离开清真寺后就趾高气扬地漫步在城里的广场和街道上，路上遇见某个朋友向他打招呼"祝你平安",或者问候他"拉巴伉,你好",他就高傲地挥挥手或者贵族式地点点头就算了,尊贵的脑袋总是高高地仰着。倘若他的师傅寻他开心,打趣说:"你是一个走失了的王子啊,拉巴伉。"他就非常高兴地说:"您也看出来?"或者说:"我猜也是!"

小伙子拉巴伉已经这个状态很长时间了,师傅却容忍了他的傻气,因为拉巴伉终究是个好小伙子和巧手裁缝。有一天,苏丹王的兄弟萨里姆凑巧旅行路过亚历山大里亚,派人拿一件华丽的礼服到裁缝作坊,要做些修改。师傅把这活儿交给了拉巴伉,毕竟还是他的技艺最精湛。黄昏来临时,大家劳累一天后都各自走开去休息了,一种无法抗拒的欲望驱使拉巴伉又回转到裁缝作坊,国王兄弟的衣服还挂在那里呢。他久久地站在衣服前思索着,时而赞美刺绣的华丽,时而为织物和丝线美丽的光泽而心猿意马。他别无选择,一定得穿上这件衣服!瞧啊,衣服穿在他身上多么合身,简直就像量体定做的。"我就是一个体面的王子啊。"他自言自语着,在房间里走来走去,"师傅也说我像王子呢。"小伙子穿上这身衣服后更坚信自己出身皇家，想象自己是一位不为人知的王子，这个想法已经没法再改变。于是他决定现在就去周游世界。离开这个不承认他的富贵出身，还把他置于下等地位的地方。他觉得这件华丽的衣服是一位善良的仙女赠给他的礼物，他不应当拒绝如此珍贵的馈赠，便收拾起自己少得可怜的家当，趁着夜色的遮掩走出了亚历山大里亚的城门。

这位新王子在漫游途中到处激起一阵阵的惊讶和诧异，他的华丽服装、他的高贵庄重的仪态与他的步行漫游者身份太不相称了。倘若有人为此向他提出质疑，他总是一脸神秘地答复：这纯粹是他个人的私事。后来他觉察到徒步旅行令自己成为笑柄时，便用极低的价钱购买了一匹老马。老马和拉巴伉十分般配，它又稳重又驯顺，绝不会使主人狼狈不堪；要让拉巴伉显示骑马本领，那是万万不可能的。

有一天，正当他骑着莫尔瓦——拉巴伉给老马起的名字，一步一步慢慢地在路上行进时，另一位骑马者走近他，请求与他搭伙同行，因为沿途有同伴说说笑笑，旅程会显得短些。那位骑马者是个愉快开朗的年轻人，英俊而善于交际。他和拉巴伉谈起自己从哪里来，到何处去。他说自己的名字叫奥玛尔，是那个倒霉的开罗总督艾尔费·拜埃的侄子，他此番出门是为了完成叔父临终时才告诉他的任务。拉巴伉则并不向他推心置腹，只说自己出身名门，为消遣而旅行。

两位年轻男子谈得很投机，相处十分融洽。在他们共同旅行的第二天，拉巴伉询问同伴奥玛尔要完成什么样的嘱托，于是听到了一个令人惊异的故事：艾尔费·拜埃，这位开罗总督收养奥玛尔时，他还很幼小，所以完全不知道自己亲生父母的情况。不久前艾尔费·拜埃遭敌人侵袭，连打三场败仗，身负重伤，不得不逃遁保命，才向奥玛尔披露，他并非自己的亲侄儿，而是一位势力强大的国君的儿子。由于占星术士的可怕预言，他父亲立下誓言，让小王子远离自己的宫廷，直至王子二十二岁生日那天才得父子重逢。艾尔费·拜埃没有告诉奥玛尔生身父亲的姓名，而仅仅规定了见面的办法。在下一个神圣斋月的第五天,那一天正是奥玛尔二十二周岁的日子,他必须抵达举世闻名的艾尔塞罗耶石柱。他将在石柱下遇见一伙男子,要把叔父给他的一柄短剑递给他们,嘴里得说"我就是你们寻找的人";倘若他们回答"赞美先知,感谢他保住了你",那么他们将把他带到他亲生父亲的身边。

小裁缝听完这番诉说惊讶万分,他开始用妒忌的目光打量王子奥玛尔:那人的命多好,已经是有势力的总督的侄子,居然还要更尊贵,竟是国王的儿子;而他自己呢,尽

管具备成为王子的一切条件,却讽刺地只给予了他卑微的出身,注定只能过平凡的生活,想到这里他不由得怒火中烧。拉巴侁比较了自己和那位王子,他不得不承认,对方具有极优越的外貌条件:一双灵动的漂亮眼睛,显示出勇敢气概的弯弯鼻子,彬彬有礼的优雅举止,总之,那人具备感动别人的许多优秀品质。然而,他自己也具备与那位伙伴同样的优越相貌条件啊。拉巴侁经过观察分析后下了自己的结论,他拉巴侁无疑会更受父王的欢迎,胜过那个真正的王子。

整整一天,拉巴侁的脑子里都盘算着这个念头,在下一个宿营地过夜时也没有忘记。当他第二天清晨醒来,目光瞥向睡在身旁的奥玛尔时,发现对方睡得正香,正在心安理得地做幸福美梦呢。恶念又浮现在拉巴侁脑际,他要用诡计或者强暴手段攫取倒霉的命运拒绝赐给自己的东西。那把短剑——王子重返宫廷的信物——探出在入睡者的腰带间,拉巴侁轻轻地拔出剑,想刺入它真正主人的胸脯。然而,小伙子的内心惧怕杀人,他便收起短剑,给王子的快马戴上嚼子,未等奥玛尔醒来,那个不忠的伙伴早就策马飞驰在几十里之外了。

那天正是神圣斋月的第一天,拉巴侁抢劫了王子。还有四天时间抵达艾尔塞罗耶石柱即可,他熟知这段路程。尽管他估计到石柱附近地带至多只需两天,他还是加紧赶路,因为他害怕真正的王子会追上自己。

第二天黄昏时分,拉巴侁望见了艾尔塞罗耶石柱,柱子矗立在一片辽阔平原的一座小山冈上,虽然还有一段距离,但已能够看得清清楚楚。拉巴侁乍见这一景象,激动得心里怦怦直跳,虽然在这两整天里,他已用足够的时间思考如何扮演好新角色,但仍然有点为自己的邪恶行为而心神不宁。可是一想到自己天生的王子气质，便重又坚强起来，大胆地一直朝目标走去。

艾尔塞罗耶石柱地带是一片渺无人烟的荒野，这位新王子幸亏带足了干粮，这些日子才不致陷于困境。拉巴侃把马拴在几棵棕榈树旁，自己躺卧在树下，在那里期待着未来的命运。

第二天中午时分，他遥遥望见平原上过来了一大帮由马匹和骆驼组成的队伍，渐渐走近艾尔塞罗耶石柱。大队人马在石柱所在的山脚下止住步子，搭起了华丽的帐篷，一切情况看着就像富有的总督或国王出门旅行的光景。拉巴侃揣测这一大批人千辛万苦奔波来此就是为了迎接自己，他极想当天就向他们表明自己乃是他们未来的君王，然而他还是抑制住了以王子身份出现的欲望，下一个清晨才是完全满足自己最大胆欲望的真正时刻呢。

清晨的阳光唤起了小裁缝的狂喜之情，他一生中最重要的时刻业已到来，他将脱离卑微低下的凡人位置，而高高踞坐在国王父亲的身旁。当他解开马匹打算往石柱进发时，确实猛然感到自己这样做不正直不合法，也确实为自己的美丽欲望损害了受骗的真王子而内心羞愧，然而色子已经掷出了，他不可能让已经发生的情况不再发生，何况他的自私自利之心在向他悄悄低语：他的外表漂亮体面，足够充当一位最强大的国王的儿子。这一想法鼓励他跃身上马，他聚集起自己的全部勇气，让马匹疾驰而去，不足一刻钟就到了小山脚下。山丘上生长着密密的灌木，他下了马，把马系在一棵灌木上。拉巴侃拔出奥玛尔王子的短剑，向山上走去。石柱下有六个大汉围站在一位气度不凡的高个儿老人身旁。老人身穿金线织成的华丽礼服，披一条白色的开司米披肩，雪白的头巾上装饰着闪亮的宝石，标明了他的皇家身份。

拉巴侃向他走去，深深鞠躬，一边向他呈上短剑，一边说："我就是你们寻找的人。"

"赞美先知，感谢他保住了你。"老人回答，流下了喜悦的泪水，"拥抱你的老父亲吧，我亲爱的儿子奥玛尔！"心地还算善良的裁缝听见这句话非常感动，怀着又喜又愧的复杂心情投入了父王的怀抱。

但是新处境的满满的幸福感只延续了片刻工夫。他刚从气宇轩昂的老人怀中直起身子，就一眼望见有位骑马人正急匆匆地越过平原向山头赶来，人和马的模样构成了一幅古怪的景象。那匹马不知是执拗呢，抑或疲乏无力，竟不肯再向前走，骑者双手双脚并用驱赶它快跑，马儿既不像走步又不像小跑，跌跌绊绊地向前迈进着。拉巴侃很快就认出了自己的老马莫尔瓦，还有那位真正的王子，然而撒谎者的坏良心再一次占了上风，他下决心厚起脸皮维护自己刚刚获得的可怜巴巴的权利。

人们隔着老远就看到那位骑马人在向他们打招呼。很快，他的老马莫尔瓦尽管跌跌绊绊也赶到了山脚下，真王子翻身下马朝山上冲来。"停一停，"他边跑边喊，"停一停，你们不要上那个下流骗子的当，我的名字叫奥玛尔，敢盗用我名字的真正该死！"

事态的变化让四周的侍卫们的脸上都露出一片诧异的神色。老人尤其显得惊骇万分，他疑虑地一会儿看看这个年轻人，一会儿又看看那个年轻人。拉巴侃勉强保持着平静的口气说道："尊敬的父王，请不要受这个人迷惑，据我所知，他是亚历山大里亚一个疯疯癫癫的小裁缝，名字叫拉巴侃。他很值得可怜，我们不必太恼怒。"

这番话把真王子气得几乎发狂，他大发雷霆，想扼死拉巴侃，然而侍卫们冲到两人中间，把他紧紧地抓住了。这时老人说话了："事实如此，我的爱子，这个可怜人是疯子。捆住他，把他放到我们的一匹骆驼上，也许我们能够帮帮这个可怜人。"

王子的怒气消失了，哭泣着向父王叫喊："我的心告诉我，您就是我的父亲，我以我对母亲的记忆向您起誓，请听信我吧。"

"啊，真主保佑我们，"老人回答，"他又开始讲疯话了，人一疯总会冒出如此这般

的荒唐想法！"接着，老人挽住拉巴侃的胳臂，让他扶侍自己走下小山。他们并排坐在两匹披着华丽外罩的骏马上，走在队伍的前头。那位不幸的王子却被紧绑双手拴在一匹骆驼上，两个侍者寸步不离他的身边，他们警惕的眼睛始终监视着他的一举一动。

　　这位高贵的老国王就是苏丹萨乌特。他婚后多年没有子女，中年时总算盼来了一个儿子。然而，当他为孩子的未来请占星术士算命时，他们却说：这孩子在二十二周岁之前有遭人祸害之灾，欲脱此灾，必远离父母。为此苏丹王把王子委托给自己久经考验的老友艾尔费·拜埃抚养，为了重见儿子他已苦苦等待了二十二年。

　　这一切情况都是苏丹王在行进途中向（错认的）儿子描述的。儿子体态优雅，举止高贵，令老人满心欢喜。

　　一行人回到苏丹王的国土时，到处响彻了老百姓快乐的欢呼声，王子回宫的消息像熊熊烈火顷刻间便燃遍了城市和村庄。凡是他们经过的街道，都用鲜花和树枝搭起了拱门，家家户户的屋子上都铺展开五颜六色、光彩耀眼的毯子，人人高声赞美安拉和先知，为他们送来了一位如此出众的王子。此情此景让小裁缝自豪的内心充满了狂喜之感。而那位真正的奥玛尔则越发感觉不幸了，他还被紧紧地捆绑着，在寂寞绝望的情绪中跟在队伍的后边。人人处于一片欢腾之中，没有任何人注意到他，上千种声音呼喊着他的名字奥玛尔，接着又是一阵上千种声音的呼声。然而这一名称的真正的主人却没有一个人加以关心，至多有这个人或者那个人问上一句："队伍后被紧紧地捆绑着的人是谁啊？"最令真

王子听着气愤的是走在身边的侍者的答话："他是一个疯裁缝。"

队伍终于来到了苏丹的首都，这里为欢迎王子而做的装点更加光彩夺目，远胜其他的城市。苏丹王后是一位上了年纪的雍容华贵的夫人，她正带领全部宫廷成员等候在王宫内最富丽堂皇的大厅里。一张巨大无比的地毯铺满了大厅的地板，四边的墙上装饰着垂下金色线球和流苏的蓝色布帘子，悬挂在巨大的银钩子上。

当队伍抵达时，天色已经昏暗，因而大厅里燃起了无数球形的彩色灯盏，把黑夜照耀得如同白昼。大厅后是亮晶晶的、色彩缤纷的地方，因为那里安置着宝座，王后正端坐其上。宝座位于四级台阶之上，是用纯金制成，镶满了巨大的紫石英。几位级别最高的贵族侍立王后周围，在她头上撑起了一把红绸御座天篷，麦地那大祭司用一柄白孔雀羽毛扇子为她轻轻地送来阵阵凉风。

王后等待着自己的夫君和儿子，孩子出生后就不曾再见，然而在许多意味深长的梦境里，常常出现她渴望看见的形象，以至于她断定自己能够从成千上万的人中认出她的儿子。现在大家都听见了队伍走近的喧哗，喇叭声、鼓声混合着欢呼人群的叫嚷声，马蹄声已经在宫殿的庭院中响起，侍卫的步伐声一阵近似一阵。大厅的门忽地打开，苏丹挽着自己儿子的手，急匆匆穿过跪迎在两边的侍从行列，走向王后的宝座。

"在这里了，"他说，"我给你带来了你久久渴盼的人。"

王后却说出一句令他吃惊的话："这不是我的儿子！"她高声喊道，"这不是先知在梦境中向我显现的形象！"

正当苏丹王想斥责她的迷信时，大厅的门又猛然打开，奥玛尔王子冲了进来，看守他的卫兵紧追身后，他竭尽全力才得以逃脱，上气不接下气地跪倒在王后宝座前："我愿意死在这里，处死我吧，残忍的父亲，我再也受不了这种耻辱！"在场者人人大惊失色，纷纷拥向不幸的人。飞速追来的侍卫正要抓住他重新捆绑时，王后高声发话了，她方才目睹的一切令她目瞪口呆，此时从王座上突然跳起，嘴里叫喊着："住手！这个人才是真王子，不是那个人；他就是王子，我的眼睛没见过他，我的心却认识他！"

守卫们本能地松手放开了奥玛尔，然而苏丹却大发雷霆怒吼起来，吩咐他们捆绑这个疯子："这里由我做主。"他斩钉截铁地说，"这里不按照妇女的梦做出判断，而得根据理智和确凿无疑的证据。这一位（他用手指向拉巴伉）是我的儿子，因为他递上了我老友艾尔费的信物——这把短剑。"

"是他偷了我的，"奥玛尔喊叫，"他盗用我天真无邪的信任，反叛了我！"但是苏丹听不进儿子的话，他已习惯于事事执拗专横，坚持自己的判断。于是他下令将不幸的奥玛尔用暴力拖出大厅，自己携领拉巴伉动身回了寝宫。他对王后大生其气，二十五年来他和妻子还从未红过脸呢。

王后为整个事件忧心忡忡，她断定，一个骗子攫取了国王的心，因为她在无数次意味深长的梦境中见到的儿子就是那个不幸的人。

待她的痛苦稍稍平息下来，王后就苦苦思索着，如何向夫君证实他的谬误。这确实万分艰难，因为那个冒称儿子的人递上了作为信物的短剑，而且他也知道奥玛尔许多早年的生活情况，全是奥玛尔亲口述说的，这就使他得以毫无破绽地扮演王子的角色。

她把曾经跟随苏丹赴艾尔塞罗耶石柱的侍从们召到跟前，要他们详尽叙述当时的一切情况，随即就与自己的心腹女仆们商量对策。

她们想出了种种主意，又统统放弃了。终于，梅莱希色拉——一位年老多谋的聪明女仆——想出了办法，她对王后说道："倘若我没有听错，尊敬的女主人，那么呈递短剑者是这么称呼您所认定的儿子的吧：'拉巴伉，一个疯裁缝。'"王后回答说："是的，是这样，不过又能怎样呢？"

"请您想一想，"梅莱希色拉继续说道，"这个骗子会不会把自己的名字安装到您儿子身上呢？——倘若事实如此，我倒有一个极妙的主意，定能揭穿骗局，不过我想单独与您谈。"王后遣走其他女仆后，她便悄悄地讲了一个办法。这主意似乎很中王后的心意，因为她立即动身去面见苏丹了。

王后是个聪明的妇女，她很了解苏丹的弱点，懂得如何利用这些弱点。她装出一副让步的模样，表示愿意承认这个儿子，仅仅只有一个附带条件。苏丹本来就因为对妻子大发雷霆而感到抱歉，便答应了王后。于是她开言道："我非常想测验一下他们两个人的聪明才干。也许他们擅长骑马、击剑或者投掷标枪，然而这类事情无人不会。不，我要测验另一类需要心灵手巧的本领。我要他们每人缝制一件衣服、一条裤子，让我们看看究竟谁的手巧。"

苏丹哈哈大笑，说道："哎哟，你出的真是好主意。要让我的儿子和你的疯裁缝比赛裁缝手艺？不，这不合适。"

但是王后坚持不改，并说他事前已经答应她提出的条件。苏丹向来说话算话，最终让步了，尽管他立誓说，不论那个疯裁缝的衣服做得多么漂亮，他也绝不把他认作自己的儿子。

苏丹亲自来到他认定的儿子身边，要他顺从母亲的怪僻，她希望看看儿子亲手缝制的衣服呢。拉巴伉满心喜欢，他想：那个人不就缺这种本领嘛，王后很快就会把欢心转移到我身上了。

人们布置起两个房间，一间给王子，另一间给裁缝，他们将在那里显示他们的技艺。人们给了他们每人一长段丝绸衣料、剪刀、针和线等。

苏丹非常好奇，不知自己的儿子会制作出什么样的衣服来；而王后的心也同样忐忑不安，不知自己的计谋能否成功。人们让两个年轻人待在屋里干了两天活，第三天时，苏丹派人去请王后，她一出现，苏丹就让人到两个房间把两件衣服以及他们本人都带过来。拉巴伉喜气洋洋地出场了，把自己的成品摊开在满脸惊诧的苏丹眼前。"父亲请看，"他说道，"尊敬的母亲请过目，难道这还算不上一件服装精品吗？我要用它和一个最能干的宫廷裁缝竞赛，谁能拿得出这样的成品？"

王后微笑着转向奥玛尔问道："你拿来了什么，我的儿子？"他怒气冲冲地把丝绸衣料和剪刀扔向地上，说道："人们教我如何驾驭马匹、舞弄刀剑，又教我如何用我的长矛在六十步外投中靶子——我没有学过穿针引线的技艺，它们也全不适宜一位开罗总督的养子，和艾尔费·拜埃的尊贵身份全不相称。"

"噢，你才是我夫君的真正儿子。"王后大声说，"啊，让我拥抱你，你才配称我的儿子！请原谅我吧，我的夫君和王子。"她接着转身对苏丹说道："我对您使用了这类诡计。难道您现在还看不清谁是王子谁是裁缝吗？您这位儿子制作的衣服确实精美，我很乐意打听一下，他曾追随哪一位裁缝大师学艺？"

苏丹满腹狐疑地坐着不动，不信任地望望妻子，又望望拉巴伉，那一位显然狼狈脸红，惊慌失措，不过还是试图抗争一番。"仅凭这件事还不足以证明，"国王说，"不过，我得感谢安拉，还有一个方法可以测验我是否受了欺骗。"

于是他下令牵来他最快的马匹，一跃上马，向离城不远的森林驰去。根据一个古老的传说，森林里居住着一位善良的仙女，名字叫阿朵尔查德，他上几辈的国王们常常在危难时刻向她求教，苏丹也往那里飞驰而去。

在森林中央有一片空旷的广场，高高的杉树环抱四周。传说中的仙女便居住在这里。罕见有世俗之人踏进这片广场，凡是俗人到此，无不会陡然感到胆怯，这是从古至今一辈一辈遗传下来的恐惧心理。

苏丹一到此处就下了马，把马匹拴在一棵树旁。他站在广场中央，用响亮的声音诉说起来："倘若传说属实，你曾在我父辈们的困难时刻为他们提供解困良策，想必不会拒绝他们孙辈的请求,给我出出主意,因为世俗人的才智太有限了。"

他最后一句话的话音刚落,杉树林中便有一棵杉树裂开了,走出一位蒙着面纱的妇女,身穿长长的白色衣裙。"我知道你找我的原因,苏丹萨乌特,你的愿望很诚恳,因而我也会帮助你。拿走这两只小盒子吧,让两个愿意成为你儿子的人各自选择一只,我知道,他们将选择到符合自己真实身份的盒子,不会弄错的。"蒙面纱的仙女边说边递给国王两只象牙小盒,上面装饰着许多黄金和珍珠。国王怎么使劲也打不开盒盖,盖上饰有钻石镶嵌成的古雅字体。

苏丹在回家途中反反复复思忖着盒子里究竟装着什么,他用尽力气仍然无法打开盖子,他也读不懂盒子上的文字所蕴涵的意义,其中一只盒子上写的是"尊严和荣誉",另一只盒子上则是"幸福和财富"。苏丹考虑后,认为自己也难以从中做出抉择,两者同样吸引人、引诱人。

苏丹回到王宫后,派人请来王后,向她述说了仙女的裁决。王后心里立即充满了奇妙的希望,因为那个牵引她内心的人将会选择证实自己真实出身的小盒。

在苏丹的王座前摆放了两张桌子。苏丹亲手在桌子上分别放下两只小盒后,随即登上宝座,示意奴隶中的一个人打开通向大厅的入口。一群衣着华丽闪闪发亮的人——应苏丹召唤而来的整个王国的总督和酋长们——潮流一般进入了大厅。他们一一跪坐在沿墙而放的许多富丽堂皇的软垫上。

当人人坐定之后,国王第二次向那个奴隶示意,于是拉巴侃被引导出场了。他迈着自豪的步伐穿过大厅,跪倒在王座前,朗朗开言道:"父王有何吩咐?"

苏丹在王座上直起身子,说道:"我的儿啊,如今存在对你据有王子身份真实性的怀疑,两只小盒中有一只盛着证实你真实出身的东西,请选择吧!我相信你将做出正确选择!"

拉巴伉站起身，走向桌子，他久久地动摇不定，不知该选哪一只，最终说道："尊敬的父王！有什么能够比成为你的儿子更高的'幸福'呢，又有什么能够比获得你的慈爱更高的'财富'呢？我选择这只小盒，上面显示的文字是'幸福和财富'。"

"我们过一会儿就知道你的选择是否正确，你暂且坐在麦地那总督身边的软垫上等候吧。"苏丹说完后，再次示意那个奴隶。

奥玛尔被带了进来。他的目光混浊，他的面容凄惨，他的不幸光景激起了在座者的普遍同情。他跪倒在王座前，询问苏丹有何吩咐。

苏丹向他略略指点了一下，要他从两只小盒中选择一只。他站起身，走向桌子。

他仔细阅读了两只盒子上的文字，说道："最近一些日子教育了我，让我懂得幸福多么不稳定，而财富又多么短暂易逝。这些日子还教育了我，让我知道勇敢者的胸膛里居住着不可摧毁的财富，那就是'尊严'；而'荣誉'这颗亮晶晶的星星，也不像幸福易于顷刻间消失不见。因而我放弃王冠，听天由命，我选择'尊严和荣誉'！"

他把手放在自己选择的小盒上，但是苏丹命令他别动，招呼拉巴伉立即来到桌边，于是这一位也把手搁在了自己选择的盒子上。

接着，苏丹又命人端来一盆取自麦加清泉的圣水，洗濯双手后开始祈祷。他把脸转向东方，跪倒在地，祷告说："神明的祖先啊！多少世纪以来，你保护我们家族的纯洁和纯粹，请别让一个下流之辈玷污阿巴西特的名字，让我的真正儿子在你庇护下度过即将来临的考验时刻吧。"

苏丹站起身子重新坐上王座。全体在场者无不全神贯注，几乎喘不过气来，连一只小鼠跑过大厅的声息恐怕也可以听得清；人人紧张万分，缄默不语，坐得最靠后的人都伸长了脖子，以便越过前排人的头上看清小盒子。此时苏丹发话了："打开盒子。"原先无论如何也打不开的盒子，一下子自己猛地弹开了。

在奥玛尔选中的小盒里，一块天鹅绒软垫上摆放着一顶小小的金王冠和一根权杖；在拉巴侃的盒子里——一根巨大的针和一小轴缝线！苏丹命令两人把盒子捧到他面前。苏丹从软垫上拿起小王冠，奇迹出现了；他手上的金冠越来越大，直到变成了一顶真正的王冠。苏丹把王冠戴到跪在自己身前的奥玛尔头上，亲吻了他的额头，吩咐他坐在自己的右边。随后转身向拉巴侃说道："正如古老的谚语所说'是鞋匠就不要离开鞋楦头'，看来你得和针线在一起了。"

"你实在不值得我施恩，然而已经有人为你请求饶恕，今天我不能够拒绝他。因而我送还你一条可怜的小命，不过我得给你一个忠告：快快离开我的国家吧。"

可怜的小裁缝无可反抗，他深感羞耻，无地自容。他泪流满面地跪倒在王子身前："您能饶恕我吗，王子？"

"对朋友忠诚，对敌人宽容，是我们阿巴西特族的骄傲。"王子答复说，同时让他站起身来，"平平安安离开吧。""啊，你真是我天生的儿子！"老苏丹感动地喊着，扑向儿子的怀抱。酋长和总督们，王国的所有显要人物，统统都从座位上站了起来，同声高喊："新王子万岁！"拉巴侃在一片欢呼声中，把小盒子夹在臂下，悄悄地溜出了大厅。

他往下走向苏丹的马厩，给他的莫尔瓦戴上嚼子，骑着它走出宫殿大门，回亚历山大里亚去了。整个王子生涯像一场美梦，唯有这只满满地镶嵌着珍珠和钻石的华丽的小盒子提醒他，其实并不是梦境。

他终于重返亚历山大里亚，径直来到老裁缝师傅屋前下了马。他把马匹拴在大门上，走了进去。老师傅未能立即认出他，以为来了大人物，便询问有什么事需要效劳。当客人向他走得更近时，他认出了老伙计拉巴侃，立即叫唤所有的伙计和学徒过来，大家怒吼着冲向可怜的拉巴侃。他没料到竟会受此等"款待"，他们用熨斗和尺子揍他，直到他精疲力竭地跌进一大堆破旧的衣服上。

当他躺倒在那里时，老裁缝发表了一通演讲，斥责他的偷窃行为。拉巴伉保证他正是为赔偿损失而来，他愿意提供超出衣服价值三倍的补偿。却是徒劳而已，师傅和伙计们又重新狠狠地揍了他一顿，并把他扔出了门外。拉巴伉浑身青紫，衣服破碎，骑上他的莫尔瓦来到一家商贩落脚的客栈。他垂着伤痕累累的疲倦的脑袋，开始思索人世间的诸多苦恼、诸多不受承认的劳绩，以及一切财富的空虚与短暂易逝。他躺下睡觉时做出决定，放弃一切自大自狂，做一个诚实的普通人。

第二天他也没有为自己的决定后悔，因为老裁缝和伙计们的沉重拳头对他而言确实超出一切权威。

他高价售出自己的小盒子给一个珠宝商，购下一幢房子，建起了一个裁缝作坊。当他妥善地办完一切事情，便在窗户上挂起一块招牌，上写"拉巴伉裁缝店"，然后坐下来，着手用小盒子里的针线修补被师傅撕得粉碎的外衣。他荒疏手艺已经很久了。之后他发现了一件奇异的事：那缝针可以自动地孜孜不倦地缝，完全可以不需任何人操作，针脚又细致又严密，即或拉巴伉本人在他技艺最佳时期所做的活计也比不上啊！

事实如此，一位善良仙女的馈赠总是既实用又具伟大价值，哪怕只是一丁点儿的礼物！另外还得补充几句话：这一小团线永远使用不尽，缝针也永远勤勉地工作，想多快就多快。

拉巴伉赢得了许多顾客的心，很快就成为远近最闻名的巧手裁缝。他剪裁好衣料，用针缝上第一针，它就会飞快地继续工作，毫不中断，直至衣服缝成。全城人很快都成了拉巴伉师傅的顾客，因为他的活计漂亮而价钱特别便宜。亚历山大里亚城的人们仅仅对"一种情况"大摇脑袋，那就是：他不用任何伙计，并且总是关起门干活。

小盒子上的格言"幸福和财富"兑现了。幸福和财富伴随着裁缝拉巴伉的人生之路，尽管这只是时间长河里很小很小的一段。拉巴伉听说了青年苏丹奥玛尔的光荣业

绩,那是人人挂在嘴上、争相传说的。拉巴侃知道这位勇敢的苏丹受自己人民的爱戴,敌人也对他闻风丧胆。于是一度曾是王子的拉巴侃暗自想道:"我继续当裁缝还是更好的选择,争取尊严和荣誉是太危险的事业。"拉巴侃就这么十分满足地生活着,也受到了自己同胞们的尊重。

倘若缝针还没有丧失它的神力,那么它至今还和善良仙女阿朵尔查德的不朽线团一起工作着呢。

矮子"长鼻"

啊,先生!有谁认为女妖和魔法师仅仅存在于哈仑斯·阿尔一沙希特统治年代的巴格达,或者断言说,人们从自己城市的广场上听闻的关于天才们及其君主的事业纯属子虚乌有,那么他就大错特错了。今天依然有女妖在活动,因为我不久前就曾亲眼看见一件真事,明显有女妖在其中起着作用,就像我下面所讲的。

许多年前,在我亲爱的祖国,也就是在德国一座著名的城市里,住着一对鞋匠夫妇,生活很质朴艰苦。鞋匠整天坐在街角替人修补鞋子和拖鞋。倘若有人向他订制新鞋,鞋匠当然很愿意,不过他必须先去购买皮料,因为他太穷,没有丝毫存货。鞋匠的妻子则摆蔬菜水果摊,出售她在自家门口一小片菜园里种植的产品。许多人都乐意采购她的东西,因为她穿着干净利落,而且懂得把出售的蔬菜摆放整齐,让人赏心悦目。

两夫妻有一个漂亮的儿子,眉清目秀,体态匀称,就八岁年纪而言,个儿显得大了些。男孩通常坐在市场蔬菜摊旁帮助母亲照料生意。每当有些家庭主妇或者女厨师在他母亲摊子上采购太多，他就会帮忙扛一些。每次送货回来时，难得见他空手而归，总带回一枝美丽的花啊、一块钱币啊，或者是一些点心，因为厨子的主人喜欢看见这个漂亮的男孩帮忙扛菜回家，往往赠送他丰厚的礼物。

有一天，鞋匠的妻子同往日一样在市场上摆摊，她身前放着几只篮子，满装卷心菜和其他蔬菜：有各色各样的香菜，还有一只较小的篮子里盛着新鲜梨子、苹果和甜杏。小约可布，男孩就叫这名字，坐在母亲身边，用响亮的嗓音高声报着各类货色："先生们来吧，瞧瞧吧，卷心菜多漂亮，香菜多香；太太们，这里有新鲜梨子，也有新鲜苹果和杏子，谁来买啊？我母亲的价钱特别公道。"男孩使劲地叫嚷不停。这时有一个老妇人穿过广场走了过来。她的衣着褴褛不堪，瘦小的尖脸上布满岁月的刻痕，双眼红红的，弯弯的尖鼻子几乎拖到了下颚。她拄着一根拐杖，然而人们无法描述她的步态，因为她跛行着、滑行着、摇摆着，好像走在轮子上，又似乎随时随刻都会跌倒，让长鼻子狠狠地撞在石板路面上。

鞋匠的妻子很注意这个老妇人。因为自己在市场上至今已有整整十六个年头，从未见过这个怪模怪样的老婆子。她望见老人一跛一拐地走过来，停在自己摊前时，不由自主地吓了一跳。

"您是汉娜，蔬菜贩子？"老妇人问，声音嘶哑难听，说话时脑袋还来回地摆动不停。

"是的，是我，"鞋匠太太回答，"有您中意的菜吗？"

"瞧一瞧，瞧一瞧吧！看看香菜，看看香菜，看看你有没有我要的蔬菜。"老妇人回答说，朝篮子弯下身子，把一双乌黑丑陋的手伸进了菜篮子，用又尖又长的手指拨弄着原本细心摆放得漂漂亮亮的蔬菜，又一棵菜一棵菜地举到自己的长鼻子前，来来回回嗅个不住。鞋匠太太看到老婆子这么拨弄自己的珍贵蔬菜,觉得很揪心,却什么话也不敢说,因为检查货色是顾客的正当权利。此外,她感觉特别害怕这个老婆子。当老妇人翻检完整篮蔬菜后,嘴里喃喃地抱怨道:"破烂货,烂蔬菜,我要的菜一棵也没有,五十年前情况好得多。破烂货,烂蔬菜!"

小约可布听见这番话很生气。"听着,你是个不知廉耻的老太婆,"他大声骂道,"你先把自己讨厌的脏手指伸进漂亮的菜篮子,把蔬菜翻得乱七八糟,又把菜紧紧地抓到长鼻子下闻来闻去,谁看见你这副光景,谁就不肯再来买我们的菜。你还敢骂我们的蔬菜是破烂货,连公爵的厨子也在这里购买所用的蔬菜呢!"

老妇人斜睨了勇敢的男孩一眼,怪模怪样地笑着,用嘶哑的嗓音说道:"小子,小子啊!喜欢我的鼻子吧,我的漂亮长鼻子,让你脸上也有一条同样的长鼻子,一直垂到下巴底下。"她一边说,一边跛着脚滑向另一只装卷心菜的篮子。她抓起一棵最大最白的菜,紧紧地捏在手里,掐得菜吱吱响,随后又胡乱地扔回了篮子,还是抱怨说:"破烂货,烂蔬菜!"

"不要把脑袋讨厌地摇来晃去,"小家伙怒气冲冲地叫喊,"你的脖子像是一碰就会断,连你的脑袋都要掉进菜篮子里了,谁还来买菜呢!"

"你不喜欢我的脖子?"老婆婆笑着喃喃地说,"那么就让你没有脖子,脑袋直接长在肩膀上,免得从你的小身体上掉落下来。"

"别尽和小孩子讲些没用处的话啦。"鞋匠妻子终于开口了,对这种长时间的翻检、察看、嗅闻大感不快,"倘若您想买什么蔬菜,请您快点儿,您已经赶跑我别的顾客了。"

"好啊,就照你说的办吧,"老太婆眼露凶光叫喊说,"我要这六棵卷心菜,不过,你瞧,我得拄着拐杖走路,什么也拿不了,请你叫男孩帮忙把货送到家,我会酬谢的。"

小男孩不愿同去,哭起来。丑陋的老婆子让他感到恐惧。但是母亲严厉地命令他去,因为让一个衰弱的老人独自负担重物,在她看来是一种罪恶。孩子边哭边做着母亲吩咐的事,把六棵菜包进一块布里,跟随老妇人走出了广场。

孩子不紧不慢地跟着老人,走了几乎三刻钟才抵达城里一个极偏僻之处,最后停在一幢破旧的小房子前。她从口袋里掏出一只生锈的铁钩,熟练地插入门上的一个小洞里,门吱嘎响着猛然开了。小约可布踏进大门,一看,便惊呆了!房子内部竟装潢得富丽堂皇,天花板和墙壁全由大理石铺成;全套家具都是美丽的黑檀木制品,镶嵌着金子和磨光的大理石;玻璃地板光滑极了,以致小约可布滑跌了好几跤。这时老妇人从口袋里掏出一支银笛子,吹奏了一会儿,刺耳的声音响彻了整幢小楼。有几只豚鼠立即从楼梯上跑下来。约可布惊讶极了,因为它们用两条腿笔直地走路,爪子上套着核桃壳而不是鞋子。它们身穿人类的服装,脑袋上甚至戴着最新式的时髦帽子。

"你们把我的拖鞋放哪儿啦,坏东西?"老婆子大声叫喊,用手杖敲打它们，豚鼠惨叫着蹦跳得老高，"你们还要我这么站着等多久？"

它们迅速跳跃上了楼，又携带一双椰子壳里填着皮子的拖鞋飞跑下来，熟练地套在老妇人的双脚上。

老人蹒跚滑行的步子结束了。她把拐杖扔到一边，拉着小约可布的手飞快地在玻璃地板上跑起来，最后在一个房间里停住了脚步，房里的所有家具都擦拭得干干净净，看样子像是一间厨房；然而桌子是用桃花心木制造的，软椅上都铺着毛毯，似乎更适宜于做华丽的客厅。"坐下，小孩子，"老人十分和蔼地说，同时用手把约可布摁在一只软椅的角落里，又拉过一张桌子挡在他身前，让他不再能自由行动，"坐着吧，你刚才扛过很重的东西，人头不轻啊，很不轻啊。"

"可是夫人，您讲的话真奇怪，"小家伙喊叫，"我确实累了，不过我扛的是菜头，是您从我母亲菜摊上买的卷心菜啊。"

"嗨，这下你可错了。"老婆子笑着揭开了菜篮子的盖布，用手抓着头发取出了一颗人头。小男孩吓坏了。他弄不懂事情怎么会变成这样，心里记挂着自己的母亲。倘若有人听说了人头的事，他心里暗暗思忖，那么就肯定会控告我的母亲。

"我得给你付些报酬了，因为你规矩听话。"老妇人喃喃地说着，"你再等一小会儿吧，我替你烧一盘汤，你吃了一辈子也不会忘记我。"她说着又吹起了笛子。于是首先进来了许多穿人类衣服的豚鼠，它们束着厨房围裙，腰带上插着搅拌勺和切肉刀；接着又蹦跳着进来一群松鼠，它们穿着宽大的土耳其裤子，双腿站得笔直，脑袋上戴着绿色的天鹅绒小帽。这群松鼠看样子像是厨房里干杂活的小厮，因为它们立即灵巧地爬上墙壁，取下了平底锅和盘碟、鸡蛋和奶油、香料和面粉，一股脑儿端到炉灶旁。老婆子穿着椰子壳拖鞋一刻不停地在炉灶边来回忙碌着，小约可布看见她确实是在下功夫替自己烹饪什么好东西。火焰噼里啪啦地响着升得老高，现在，平底锅冒起了阵阵烟雾，房间里弥漫着一种好闻的香气。老妇人还是来回奔跑不停,豚鼠和松鼠们紧紧地跟随在她身后。每当她经过炉灶旁,总要伸出长鼻子朝锅里闻闻。锅子里终于沸腾起来,发出咝咝声,冒出水蒸气,浮沫涌出来滴向了火焰。老妇人端起锅子,把汤倒入一只银盘子,放在小约可布面前。

"喝吧,孩子,"她说,"只要喝下这盘汤,你就会拥有我身上讨人喜欢的一切。也许你也会成为一个聪明的厨师,因为你会学到些手艺,然而你没有那种调味香草,你也永远找不到,谁让你母亲菜篮子里没有这一种香草呢!"小男孩并没有完全听懂老婆子所说的话,只是越来越对这盆汤感兴趣,它的气味好闻极了。他母亲给他烧过一些香喷喷的食物,都比不上这盘汤。一阵阵珍稀蔬菜和香料的香气从汤盘中升腾而起,甜味和酸味同样浓烈。正当他喝着这盘珍贵鲜汤的最后一口时,豚鼠们点燃起了阿拉伯神香,蓝色烟雾摇曳飘浮着弥漫了整个房间,烟雾越来越浓,又徐徐下沉。香气麻醉了小约可布,他多次努力唤醒自己必须回到母亲身边去,他一再努力振作精神,却总是重新陷入瞌睡之中,最终在老婆子的沙发上沉沉地睡着了。

他做了许多稀奇古怪的梦。那个老婆子脱去他的衣服,给他裹上了松鼠皮。如今他能够像松鼠般跳跃和攀缘了。他同另外一些松鼠和豚鼠成了一伙儿,他们全都是又乖又听话的好人,大家共同侍候那个老婆子。最初他只干擦鞋子的活儿,

也就是说，他必得把老妇人当拖鞋穿的椰子壳先涂抹油，再擦拭得闪闪发亮。小约可布在父亲那里就经常承担类似的活儿，所以干得迅速灵巧。大概一年之后，他换了一桩较精细的活计。他得和另外几只松鼠一起捕捞阳光里的粉尘，捞够之后用最细密的格筛过滤。老婆子认为阳光粉尘是最美味的食物，因为她满口没牙，无法咬嚼，便让他们替她做粉尘面包。

这样过了一年，小约可布又换了一个工种：替老婆子采集饮用水。大家别以为，她是让人砌一个贮水池或者在庭院里摆一只圆桶汲取雨水。那活儿可精细得多。松鼠们，包括约可布，必得用榛子壳采集清晨时分玫瑰花上的露水，这是老婆子的饮用水。她显然喝水很多，运水夫的工作当然十分辛苦。一年之后，约可布又改做室内活儿了，也就是清洁地板。由于地板是玻璃做的，呵一口气也看得清，所以这活计也绝不轻松。松鼠们得先用刷子刷去尘土，然后把抹布系在脚下满房间穿行奔跑。整整四年之后他才得以进厨房任职。这可是一项光荣的职务啊，唯有经受住长期考验者才能获得。约可布从厨房小厮做起，一步又一步地做，直到成为首席馅饼师傅。他的厨艺已炉火纯青，凡是厨房的活无不精通，连他自己也常常因而十分惊讶。一切最艰难的活计，无论是拿二百多种作料做馅饼，还是用人间所有的香料混合配制鲜汤，他无不一一学会了。小约可布学什么都一听就懂，做什么菜都味美可口。

小约可布替老妇人干了约七年之后，有一天，她刚脱下椰子鞋，提起篮子和拐杖打算出门，便吩咐约可布拔光一只小母鸡的羽毛，填满作料，把鸡烤成漂亮的金黄色，待她回家享用。约可布按照规定操作起来，他提着小鸡的脖子放进滚开的水里转动，利落地拔净了鸡毛；随后刮一刮鸡皮，让小鸡显得光洁鲜亮；接着掏空了内脏。约可布开始用各种作料填鸡肚子。他在存放香料的房间里发现了一个壁橱，橱门半开着，他以往没察觉竟有这个壁橱。他好奇地走近去看看橱里有什么东西，看到里面放着许多只小篮子，飘逸出一阵阵浓烈的好闻的香气。他揭开其中的一只篮子，发现里面盛放的香草模样奇特，颜色也与其他香草不同，茎秆和叶片是蓝绿色的，茎秆上顶着一朵小花；花瓣红艳似火焰，镶着金黄的边。他若有所思地凝视着这些小花，嗅闻着，它们喷涌出与老婆子从前专为他烹制的鲜汤一模一样的强烈香气。这气味太强烈了，以致他开始打喷嚏，而且越打越厉害，最后他打着喷嚏醒了。

约可布躺在老妇人的沙发上吃惊地环顾四周。"啊，竟会有这样逼真的梦！"他自言自语道，"我感觉我做过一只卑微的松鼠，我曾是一群豚鼠和其他小动物的同伙，还当上了首席厨师。倘若我把这一切讲给母亲听，她会笑得前仰后合的吧！她会不会责骂我呢？我居然在陌生人家里睡大觉，而不在市场菜摊旁帮忙。"约可布想到这里，赶紧打起精神，打算走出房子。然而他的四肢都睡僵了，尤其是后背，他的脑袋竟不能完全自如地来回摇动。他还不得不自己嘲笑自己，因为他竟睡昏了头，每每还没等看见什么，鼻子就已经撞上了橱柜或者墙；倘若他转身快了些，他的鼻子就会撞到门柱上。松鼠和豚鼠轻轻哀哭着，在他身边绕来绕去奔跑不停，好似想陪伴他同行；当他跨出门槛时，他也真心邀请了它们，因为它们都是可爱的小动物啊。然而它们穿着榛子壳迅速地跑回了房间里，约可布走出很远后还听见它们的号哭声。

这里是本城一处最偏僻的地方，是老妇人领他进来的，如今他几乎走不出这些狭窄的小巷了，因为连小巷里也挤满了人。约可布心里暗想，附近一定恰好有个小矮人走过，因为他到处都听见人们喊叫："嗳，瞧这个丑陋的矮子！哪儿来的小矮人？嗨，他的鼻子多么长，脑袋竟直接装在肩上，这双乌黑的手多可怕！"换一个时候，他或许会跟着大家奔跑去看热闹，因为他喜欢看见生活里出现巨人或者矮子，或者看见稀奇古怪的打扮，不过现在他必须赶紧回转母亲的身边。

他到达广场后，心里有一种极恐怖的预感。母亲还坐在老地方，篮子里还有不少蔬菜水果，证明他昏昏入睡的时间不长。不过他隔着老远就觉察到，她似乎非常悲伤，因为她没有大声招呼过往行人来采购，而是用双手支撑着自己的脑袋。他走得更近些，还觉得她比往常脸色苍白得多。约可布踌躇着不知该怎么办，最后鼓起勇气，悄悄地蹑到她身后，亲昵地把一只手搁在她肩上，说道："母亲啊，你好吗？生我的气吗？"

他的母亲——鞋匠妻子汉娜向他转过身去，惊恐地尖叫一声，别过了脸："找我干什么，丑矮子！"她高声叫喊说，"滚开，滚开！我受不了恶作剧。"

"可是，母亲，你怎么啦？"约可布胆怯地问，"你看上去确实不太好，为什么要把你的儿子赶走呢？"

"我已经说过，你走吧！"她愤怒地回答，"你要这套把戏不值一文钱，我不会付钱的，丑八怪。"

"千真万确，上帝让她失去了理性，"小约可布担心地自言自语，"我该怎么把她领回家呢？亲爱的母亲，冷静一些吧，再仔细看看我。我是你的儿子，是小约可布。"

"不，对我开这种玩笑太无耻了，"汉娜大声呼喊女摊贩们来帮忙，"这里来了一个丑恶的矮子，他站在这里赶跑了一切顾客，还竟敢拿我的不幸开玩笑，说什么'我是你的儿子，是小约可布'，这个无耻的东西！"

摆摊的妇女们纷纷站起身子，开始责骂他，使尽了她们的泼辣语言。人人都知道，市场女摊贩最擅长骂人。她们有理由生气，因为他拿可怜的汉娜的不幸开玩笑，七年前有人偷走了她漂亮可爱的男孩。她们大家一齐向他进攻，说他若不立即走开，她们就要撕碎他。

可怜的约可布不知道应该怎样面对这一切。他认为，自己今天早晨和往日一样和母亲来到市场，帮助她摆放菜摊，后来跟那个老婆子去了她家，吃了一些鲜汤，睡了一小觉，如今又回到了市场而已。然而，母亲和女邻居们都说已经过了七年！她们唤他丑矮子！自己究竟出了什么事？——当他看到母亲不肯再听他说话时，泪水不禁夺眶而出，他伤心地沿着街道往下走向父亲整天在里面补鞋的小屋。我得瞧瞧，约可布心想，他是否也不肯认我，我要站在小屋门外同他说话。小约可布走到鞋匠小铺后，隔着门往里窥望。鞋匠正专心忙着手上的活计，根本没有看见约可布，片刻后，他偶尔抬头朝门外看了一眼，鞋子、金属线和锥子统统掉落地上，吓得尖叫起来："天哪，这是什么，是什么啊！"

"晚上好！"小约可布说，踏进了小鞋匠铺，"您好吗？"

"很糟，很糟，矮子先生！"父亲的回答让约可布大感诧异，他似乎也认不出自己的儿子了，"我已干不好自己的活计。我现在老了，又是孤零零一个人，但是我雇不起伙计。"

"难道您没有儿子，可以逐渐把活计移交给他啊？"小约可布进一步试探着问。

"我有过一个儿子，他叫约可布，如今应当长成一个机灵修长的十五岁小伙子了，他当然能勤勉地帮我一把的。唉，一切都是我命里注定的吧。小家伙刚刚八岁就又伶俐又聪明，已经熟悉了我的许多手艺，模样也很漂亮很讨人喜欢。他在的话，会帮我吸引顾客呢，我很快就会不补旧鞋去做新鞋了！但是世界上的事情就是如此啊！"

"您的儿子哪里去了？"约可布声音颤抖着询问父亲。

"老天才知道，"鞋匠回答，"七年前，是的，有这么久了，他被人从市场上拐走了。"

"七年前？"约可布震惊地高声问。

"是的，矮子先生，就在七年前。我至今仍清楚地记得，我妻子如何号哭着、尖叫着回家，儿子不见了一整天，她到处打听寻找，哪儿都没有。我一直在寻思，为什么会出事，我得说，因为约可布是个漂亮孩子，人人都这么夸他，我妻子为他而自豪。她喜欢看见有人称赞他，便常常派遣他去体面人家送果子蔬菜之类。这一切完全合情合理，孩子每次都拿到丰盛的礼物。'然而，'我对妻子说，'小心啊！城市很大，许多坏人都住在这里，要照看好约可布！'事情还是发生了，如我所预料的。有一天市场里来了一个丑老婆子，为蔬菜水果讨价还价不休，最后购买了许多，她自己根本拿不动。我妻子心地善良，派儿子与她同行，却几个小时也未见他归来。"

"你是说这事到现在过去七年了？"

"七年前的春天。我们到处呼喊他，挨家挨户打听他的消息，有些人认识这个可爱男孩，很喜欢他，也就协同我们寻找，然而一切努力都是徒劳。那个购菜的老妇人也没有人认识她。唯有一位九十多岁的老婆婆对我们说，那老妇人可能是邪恶的女妖克劳特魏斯，她每隔五十年进城一次，采购各色各样的货物。"

约可布的父亲一边叙述，一边使劲敲打着鞋子，把缝鞋线用力拉得老长老长的。小矮子终于逐渐明白自己出了什么事，原来他并非做梦，而是被女妖变成松鼠当了七年仆役。他的心又愤怒又羞愧，难受得几乎要爆裂了。老太婆偷窃了他的七年青春，他得到了什么补偿呢？不就是学会把椰子壳拖鞋擦得锃亮，把玻璃地板打扫干净？为了从豚鼠们那里学得种种厨房的秘密手艺，他付了什么代价呢？约可布回溯着自己的命运，呆呆地傻站了好长时间，他父亲终于开口询问道："也许您还中意我的一些活计，年轻的先生？譬如一双新拖鞋，或者，"他微笑着补充一句道，"替您的鼻子定做一只套子？"

"您为什么说我鼻子？"约可布问，"我为什么要替鼻子装套？"

"嗯，"鞋匠答复说，"每个人都有自己的趣味。不过我得对您讲，倘若我长了这种骇人的鼻子，我就要用光亮的粉红皮革做一只鼻套。瞧吧，我手头正巧有一块漂亮的皮料。当然，至少要一尺长才够做。小先生，我敢担保货真价实。这么一来，我敢说，您就再也不必躲避任何可能碰到的门柱、可能撞着的车辆啦。"

小矮子吓坏了，他摸摸自己的鼻子，鼻子又粗又壮，足足有两巴掌长！如此说来，那个老婆子还让他的躯体变了形！怪不得连母亲也认不出儿子，人人都骂他丑八怪了！"师傅，"他带着哭声对鞋匠说，"您这里有没有镜子，可以让我照一照？"

"年轻的先生，"父亲很诚恳地答复他，"您并没有获得一副值得自豪的好模样，您没有理由整天对着镜子顾影自怜。放弃这个习惯吧，对您说来，这是个可笑的习惯。"

"啊，还是让我瞧瞧镜子吧，"小矮子哭喊说，"真的，不是因为虚荣心！"

"不要再烦我，我拿不出镜子。我妻子倒是有一面小镜子，不过我不知道她放在哪里了。您一定要照镜子的话，嗯，理发师乌尔班就住在街对过，他有一架比您的脑袋大两倍的镜子，去那里照吧。再见啦。"

约可布的父亲说完这番话就温和地把他推出鞋匠铺，关上门后，又坐下重新工作。小矮子则垂头丧气地走向街对面乌尔班家，他在童稚时期就已认识这个理发师了。"早晨好，乌尔班，"他打招呼说，"我来求您帮个忙，请容我在您家镜子前照一照吧。"

"我很乐意，镜子就在那边。"理发师笑着大声回答，而他的顾客，正剃着胡子呢，也大笑起来，"您是个漂亮小伙子，又苗条又文雅，您有天鹅的脖颈，您有女王的小手，还有精致的鼻子，人们没见过比它更美妙的鼻子。您为此而有点儿虚荣心，事实如此。您尽管对着镜子瞧吧，我不会让人指责说，因为妒忌而不让您使用我的镜子。"

理发师说完这番话，整个房间里响彻了狂笑声。

小矮子在一片笑声中走向镜子，照见了自己。泪水溢出他的眼睛。"是的，你当然再也认不出你的小约可布了，亲爱的母亲，"他自言自语道，"他已完全不是以往快乐日子里的体面孩子，当时你多么乐意带他在人前炫耀啊！"约可布的眼睛变小了，像一双猪眼；他的鼻子巨大无比，垂到了嘴和颚下；颈项似乎完全被砍除了，以致脑袋径直深深地插在双肩中央，他得忍住巨大的痛楚才能让头左右摆动。他如今已是十五岁的少年，而身体却还像七年前一般矮小。但是，倘若说其他年轻人从八岁到十五岁总是不断往高长，他却只是往宽长，他的背脊和胸膛都高高地往外凸出，看上去就像一只装得满满的口袋，虽然体积很小却非常厚实。但这副粗壮的上身却支在两条细小瘦弱的腿上，看上去几乎要折断了。然而更巨大的还是他的两条胳臂，像是一个健壮的男子汉的；他只要完全伸开双手，不必弯腰就可以够着地面。这就是小约可布的模样，他变成了一个畸形的矮子。

现在他想起了那天早晨，想起了老婆子来到母亲菜篮子旁的事。一切都应了他当时骂她的话：长鼻子，丑陋的手指，凡是他骂过的，她都加到了他的身上，除了她那条颤抖的长脖子没有安在他身上。

"怎么样，您照够了吧，我的王子？"理发师边说边走向约可布，嘻嘻笑着，注视着他说，"真的，人们就是做梦，只怕也难以梦见这副可笑的模样。不过我还是想给你提一个建议，小矮子。我的理发店确实顾客不少，但是最近一个时期没有如我希望的生意兴旺。原因很简单，我的邻居——理发师夏姆，不知从哪里寻觅到一个巨人，把顾客都吸引到他店里去了。这么说吧，长成一个巨人不算什么，想要长成像您这样的小矮人，嗯，那就是另一码事了。替我干活吧，小先生，您就解决了住处、食物、饮料、衣服以及其他一切问题。您只需要早晨站在店门口招徕顾客，打打肥皂泡沫，给顾客们递递毛巾就可以了。我敢保证我们会相处得很好。我会比隔壁雇用巨人的理发店拥有更多的顾客，而每个顾客都会乐意给你一份小费的。"约可布虽然对理发师的话非常气愤和反感，但他还是十分平静地回答说，他没有时间干这类活，顾自走开了。

那个邪恶的老婆子可以让他的躯体变形，却无法控制他的灵魂，这一情况让他心里感到愉快。于是他不再去思索和感受自己七年前的光景，他断定自己已经变得更聪明更懂事

了。他并不为自己丧失美丽变得丑陋而伤心，只为自己被父亲像对付狗似的逐出家门而悲哀。他决定再去母亲身边试一试。

约可布来到市场，请求母亲耐心地听他述说。他请母亲回忆他那天不肯跟老妇人走的情形，讲了自己孩提时代许多小事的细节，又告诉她，他曾变成松鼠替老妖婆干了七年活，她又如何按照他当年骂她的话把他变了形。鞋匠的妻子不知道该怎么办才好。他叙述的童年故事件件符合实际情况，然而他还讲了七年松鼠的事，她难以相信："这不可能，怎么会有女妖呢？"她注视着他，心里非常憎恶这副丑怪模样，无法相信他可能是他的儿子。最后她认为同丈夫商量一下才是上策。于是她收拾起菜篮子，叫他跟着，他们来到了鞋匠铺。

"你仔细看着，"她对鞋匠说，"那个人说他是我们丢失的儿子约可布。他向我叙述了一切，七年前怎样被窃走，又怎样被一个女妖施了魔法。"

"什么？"鞋匠愤怒地打断了她的话，"他对你讲了儿子的事？等一等，你这个坏蛋，一个钟头前我刚和他讲了这一切，他就立即转用来愚弄你！我的小儿子，你被施了魔法吗？等一等，我来替你解决吧。"

鞋匠边说边顺手抄起一捆皮带，那是他刚剪裁好的，对着小矮子高高隆起的背、粗壮的胳臂使劲抽打起来。小矮子痛得尖声大叫，哭泣着逃了出去。

这个不幸的小矮子整整一天没有吃的和喝的，黄昏时分不得不选择又硬又冷的教堂台阶作为宿营地。

第二天早晨，当第一束阳光把他照醒时，他开始认真地考虑，应当如何生活下去，因为父亲和母亲摈斥了他。他为自己敢于拒绝充当理发师的活广告而自豪，他不愿意只为挣钱糊口而做笑料。他该怎么办呢？他忽然想到，自己当松鼠时曾学会了精湛的厨艺。他认为自己捡起烹调的行当并非没有希望。他最后决定利用自己的厨艺谋生。

大街小巷很快就热闹起来，太阳也已高高升起。他首先走进教堂，做了祈祷，随后就上了路。这个国家的王侯，公爵大人，这位主子，噢，那可是著名的美食家、好吃的人哪！他酷爱精美的筵席，为此，他的厨师们跑遍了全世界。小矮子便动身前往公爵的宫殿。当他来到王宫最外层的入口处时，守门卫士问他何事，还寻他开心，而他只是要求见厨师长。卫兵们哈哈笑着引领他穿过通道和庭院。他所到之处，人人看见他都停一停，瞧瞧他又狂笑起来。看热闹的人越来越多了，一批批干各色各样活计的仆人逐渐排成了长队：马厩奴隶们扔下了刷牲口的硬刷，铺地后的奴隶忘了拍打地毯，人人争先恐后地向他拥来，扰扰攘攘，好似敌人攻进了国门。"一个矮子！一个矮子！看那个矮子啊！"一片尖叫声响彻天空。

宫门口走出了宫廷总管，他满脸怒气，手里握着一根巨大的鞭子。"天晓得，你们这些狗奴才，为什么大声喧哗，难道不知道公爵还在睡觉吗？"他说着话就向下挥舞鞭子，狠狠地抽打几个马厩奴隶和卫兵的背脊。"哎哟，主子啊！"他们齐声喊叫，"您没有看见吗？我们带来了一个矮子，您肯定没见过这样的矮子。"总管瞥一眼小矮子，好不容易才抑制住哈哈大笑，因为他怕笑声有损自己的尊严。他用鞭子赶走仆人们，把小矮子领进房间，问他有何请求。当他知道他只想当厨师时，便答复说："你错了，我的小男孩，对我，宫廷总管说实话吧。你是想当公爵的贴身侍从吧，难道不是这样？"

"不，主人！"矮子回答，"我是一个懂行的厨师，会做种种珍馐美味，带我去见厨师长吧，也许他需要我的技艺。"

"真是人各有志啊，小先生；此外，还得说你是一个轻率急躁的小伙子。你要去厨房干活！当一个贴身侍从也许根本不必干活，还能尽情享受美味饮食，穿精致衣裳。好吧，让我们瞧瞧，你的手艺是否适合公爵的口味，是否可以当一个合格的小厨师。"总管说完后就拉着他的手来到了厨师长的房间里。

"尊敬的先生！"矮子进屋后说，同时深深地鞠躬致礼，鼻子都触到了地板，"您不想用一个熟练的厨师吗？"

厨师长从头到脚打量着他，立即爆发出一阵响亮的笑声。"怎么？"他叫嚷，"你是一个厨师？你以为我们的炉灶很矮，你只要踮起脚尖就可以瞧得清清楚楚，还能够从肩膀上探出脑袋干活吗？噢，亲爱的矮子！把你作为厨师推荐给我的人，一定是把你当成了小丑。"厨师长说完这番话就狂笑起来，总管跟着他大笑，房间里所有的仆人也都哈哈大笑。

然而小矮子并未因此失去自制。"只要有一只或者两只鸡蛋，有一点儿糖浆和酒类，还有面粉和香料，每户人家总都有这些东西的吧？"他说道，"我会做任何一道美味的菜肴。得到所需材料后，我会当着你们的面迅速做出这道菜，你们将不得不说，他确实是个不折不扣的合格厨师。"小矮子说着诸如此类的话，讲话时小眼睛闪闪发光，长鼻子来回晃动，瘦削的尖手指还伴随话语做着动作，那副模样十分奇特。"好吧！"厨师长大声说，一边挽住总管的胳臂，"好吧！权当寻开心吧。我们到厨房去。"他们走过无数大厅和通道，终于进了厨房。这是一幢修建得颇为壮观的巨大宽阔的建筑物。厨房里有二十只炉灶，一年四季冒着熊熊烈火；房间中央流淌着一道清澈的泉水，它同时也是贮鱼池；橱柜全部由大理石和珍贵木料制成，里面盛放着人们随时需用的储存食品；厨房左右两侧全是储藏罕见器皿的库房，有来自世界各地的瓷器，当然包括按照公爵口味从东方国家搜罗来的珍品。厨房的奴仆们来来往往干着各种各样的活计，用壶的，用锅的，用叉的，用勺的，铿铿锵锵忙碌万分。然而一见厨师长踏进厨房，人人都一动不动地站住了，只听得见火焰燃烧的沙沙声和泉水流动的潺潺声。

"公爵命令今天做什么早餐？"厨师长问首席早餐厨师，一个年老的厨师。

"先生，他下令做丹麦浓汤，还有红色的汉堡丸子。"

"得了，"厨师长继续说道，"你没有听说公爵想吃什么吗？你敢说自己会做这么难对付的菜吗？尤其是丸子，它更是一种神秘的手艺。"

"没有更容易的事啦。"小矮子的答话让大家大吃一惊。他当松鼠时经常做这道菜，因而说道："再容易不过了，你们给我这种那种蔬菜、这种那种香料、一些野猪肥肉、一些菜根和鸡蛋，就能够做出汤来。"至于丸子说到这里，小矮子压低了嗓音，因为只能让厨师长和首席厨师听见他的话，"做丸子需要许多种鲜肉，还要一些酒、鸭油、生姜，还有一种大家称作爽胃菜的香草。"

"嗨！圣伯尼迪克啊！哪个魔法师教会你的？"首席厨师吃惊地大叫，"他说得没有丝毫差错，就连我们也不知道这种香草叫爽胃菜。哦，你是我们厨师中的奇迹！"

"我可真没料到，"厨师长说，"那么我们就让他试试吧。把他要的东西都拿给他，碗、盘和一切器皿都准备好，让他来做早餐。"

人们按照厨师长的吩咐做了，又蜂拥到炉灶边，却发现小矮子连鼻子都够不到炉灶。于是大家搬来两只凳子，放上一块大理石板，就请这位奇人动手表演厨艺。大厨、小厨、奴仆和其他看热闹的人密密地围了一大圈，他们看着、惊讶着，这个小矮子的动作多么敏捷灵巧，一切都弄得干干净净。小矮子做完准备工作后，就吩咐把两只锅子放到火上，他得精确计算要烧多长时间，直到他喊停为止。随后他就开始计数，"一、二、三"，他不断地喊着，当数到五百时，他叫喊"停！"锅子被挪开了，小矮子请厨师长先尝一尝。

首席厨师吩咐一个小厨取来一只金勺，亲自在泉水里洗濯后递给厨师长。这一位便神色庄重地走到炉灶边，取了一勺，品味着。他闭起眼睛，满意地咂着舌头，说道："味道好极了！公爵万岁！好极了！您也想尝一尝吗，总管大人？"这位弯身拿起勺子也尝了一口，感觉味道好得出奇："向您的厨艺致敬，亲爱的首席厨师，您是位出色的厨师，

不过您做不出如此美味的汤和汉堡丸子！"首席厨师也去尝了尝，他立即满怀敬意地握着小矮子的手摇了又摇，说道："小先生！你是厨艺大师，是的，这味爽胃菜让菜肴有了独特的魅力。"

就在这一瞬间，公爵的贴身仆人走进厨房说，主子传膳。于是把早餐放在银盘子里送去了。厨师长拉着矮子到自己房间，闲聊起来。然而他们还没聊到读半篇主祷文的时间（主祷文是法兰克人的经文，噢，我的天，比基督教信徒的经文要简短一半呢），就进来了一位使者，命令厨师长去见主子。厨师长急忙换上礼服跟随使者去了。

公爵看上去十分惬意。他已经吃光了银盘子里的食物，正在抹拭自己的胡子，一见厨师长进门，便说道："厨师长听着，到目前为止，我一直很满意你的厨子们。然而你还得告诉我，谁做了今天的早餐？自我继承父亲的王座后，还没有尝过如此可口的美味。说说吧，这个厨子叫什么名字，我们要赐给他几个金币。"

"主人啊！这可是一个奇妙的故事。"厨师长回答，接着叙述了事情的经过：今天早晨人们把一个小矮人带到他面前，那人口口声声要做厨师，以及后来发生的一切事。公爵听完大感兴趣，吩咐小矮子晋见，询问了他的出身、来自何方等。可怜的约可布当然不能讲出实情，说他曾变成松鼠侍候妖女，又被施了魔法成为侏儒；但是他还是尽量说了事实，讲他无父无母，跟随一位老妇人学会了烹饪。公爵没有继续追问，而是对自己新厨子的古怪模样觉得特别有趣。

"你若愿意替我干活，"公爵说，"我会每年付你五十个金币，送你一套礼服，还附加两条裤子。而你必须每天亲手替我做早餐，亲自安排午餐，最主要的是管好我的饮食。在我的宫廷里，人人都由我命名，你就叫'长鼻'吧，你可以穿戴符合一位特级厨师身份的服饰。"

矮子"长鼻"跪倒在法兰克地区赫赫有名的公爵大人身前，亲吻了他的双脚，保证忠诚地为他效劳。

小矮子就此生活有了着落，他的工作深受尊敬，因为人们说，自从矮子"长鼻"进宫之后，公爵完全变了，竟像是换了一个人。以往他常常喜欢把端给自己的盆子、碟子扔到厨子们的脑袋上。是啊，他有一次勃然大怒，甚至还朝厨师长扔过一只烤小牛腿，因为烤得不够柔软，牛腿重重地击在厨师长的额头上，以致他摔了一跤，不得不卧床休息了整整三天。虽然公爵每次大怒之后，总会赏给厨师们大把大把的金币，但是没有哪个厨师在送餐时不畏畏怯怯、心惊胆战的。自从矮子进宫之后，一切就像施过魔法似的变了样。主子每天不是进餐三次，而是为了品味矮子仆人的厨艺进食五次，并且从没有因为吃得不舒服而变脸发怒。恰恰相反，他觉得餐餐都新鲜、出色，于是总是心情愉快，待人和气友好，并且一天胖似一天。

公爵常常在进餐时传唤厨师长和矮子"长鼻"进宫，吩咐两人一左一右坐在身边，亲手夹一些美味佳肴送到他们嘴里，他们两人当然懂得珍惜大公爵的特别恩宠。

小矮子成了这个城市的奇迹。人们苦苦恳求厨师长，允许他们观看矮子厨师烹饪，而若干身份最高的上层贵族甚至直接请求大公爵，允许他们的奴仆到矮子的厨房去品味菜肴和聆听烹饪课程，当然公爵会获得很多钱，每个奴仆每天得付半个金币呢。

"长鼻"就这样表面看着又舒服又荣耀地生活了两年左右，唯有思念双亲之情难以排解。他这么平平淡淡地生活着，直到发生了下列事件。

矮子"长鼻"特别擅长采购，因而，凡是他有时间，总是亲自去市场选购家禽和水果之类。有一天早晨他去了鹅类市场，打量着一只只沉重肥胖的鹅，那是主人爱吃的食物。他已经来来回回搜寻了好多遍。他的躯体老远地就引起了阵阵笑声和闹声，却也令人心怀敬畏之感，因为人人都知道他就是大公爵的著名厨师，而哪个卖鹅的妇女见"长鼻"转向她时更感到荣幸快慰。

他看到一位妇女坐在市场角落一排小贩的最后边，她也出售肥鹅，却不像其他人那样吹嘘自己的货色，又尖声招徕顾客。他走向这位妇女，一只只掂量着她的鹅，它们恰如他所希望的又肥又重。于是他连同笼子买下三只，扛上自己的宽阔肩头，踏上了回家的路。一路上他觉得有些奇怪，因为其中两只鹅不停地嘎嘎响着、啼叫着，跟普通的鹅一模一样，第三只鹅却默不作声。它蜷曲身子静坐不动，呻吟着，竟像人一般叹着气。"这只鹅肯定有点毛病，"他自言自语，"我得快快回家，把它宰了烹了。"然而这只鹅却清清楚楚地答话了，它响亮地说道：

你敢宰我，

我就咬死你；

你敢掐断我的脖颈，

我就送你早早归天。

矮子"长鼻"吓坏了，赶紧把笼子放到地上，那只鹅用一双聪明美丽的眼睛望着他，又叹息起来。

"啊，活见鬼啦！""长鼻"叫嚷说，"您会讲人话，鹅小姐？我可没有料到。嗯，您别害怕啊！人人都想活着，像您这么稀罕的鹅当然也不应该死去。我敢打赌，您从前肯定不是披羽毛的禽鸟，我就曾是一只卑微的小松鼠。"

"你说得很正确，"鹅回答说，"如你所言，我并非出生在这类鄙陋的外皮里。哎呀，我做梦也想不到，我咪咪——伟大的魏特布克的女儿，竟要被杀死在一个公爵的厨房里！"

"请您别激动，亲爱的咪咪小姐，"矮子安慰她说，"我是一个诚实的男子汉，是公爵的特级厨师，您绝不会被掐断脖子。我会把您安排在我个人的小房间里，您会有足够的食物，我一有空就会来同您聊天；我会告诉厨房的其他人，我正用各种各样特殊的草料为公爵喂养一只肥鹅；待到有机会时，我会设法让您获得自由。"

那只鹅流着眼泪道了谢。矮子遵守自己的诺言，他宰杀了另外两只鹅，却以替公爵特殊喂养做借口，为咪咪单独建造了一只笼子。他也不喂鹅食，而总是供给她烧烤食品和甜点心。只要有空闲时间，他就走到笼子前和她聊天，努力安慰她。他们相互叙述了身世，"长鼻"因而知道这只鹅原本是魔法师魏特布克的女儿，一家人住在戈特兰特岛上。魏特布克和一个年老的妖女发生了争吵，妖女用阴谋诡计战胜了他，并出于报复把咪咪变成了一只鹅，而且放逐到了离父亲十分遥远的这片地方。当矮子长鼻同样细细地讲述了自己的故事后，她说道："我对这类法术并非毫无所知，我父亲曾经向我和我的姐妹们传授过一些法术，当然只是些他认为可能学会的。你和老妇人关于菜篮子的争论，你闻到一种香味后的突然变形，还有你告诉我的，那个老婆子所说的若干话语，全都向我证明，你是受某种香草的蛊惑，也就是说：你若能找到这种香草，便可以摆脱女妖用它施展的魔法。"这番话只带给矮子一些小小的安慰，因为他到哪里去找这种香草呢？不过他还是道了谢，并且总算心怀一丝希望。

就在这时候，邻国一位王公来拜访自己的朋友大公爵了。公爵为此召见矮子"长鼻"，吩咐道："现在已到你大显身手的时候，看你是否忠心耿耿，是否厨艺精湛。这位来访的王公是除我之外最高明的美食家，他还深谙厨艺，又极其聪明。你得细心照料我每日餐桌上的菜肴，要让他越来越感到震惊。因而你务必不辜负我的宠幸，凡是客人在此逗留的日子里，每种菜肴都不得重复。为此你可以向我的财政大臣支取一切需用的财物。倘若你必得把金子和钻石当作烹饪材料，也可随意使用。我宁肯变成穷人，也决不在贵客面前丢脸。"

公爵长篇大论地说着，小矮子不断地躬身施礼表示听从，答复道："谨遵吩咐，主人！上帝保佑我，我会努力做好工作，让这位善吃的王公心满意足。"

矮子厨师开始搜肠刮肚地想法烹饪美食。他不吝惜主人的财产，更不心疼自己的身体。人们看见他整天整天淹没在炉灶烟火的云团之中，他的嗓音响亮地透过厨房的拱顶传到外面，因为他不断地向小厨子和厨房小厮发布命令。

邻国的王公在公爵处已逗留了十四天，过得非常快乐。他们每天进餐不少于五次，公爵很满意矮子的厨艺，因为他在自己客人的额头上读到了称心满意的表情。第十五天时，公爵把矮子召到餐桌前，晋见邻国来的客人。厨师询问贵客，对他矮子还有何吩咐。

"你是一个惊人的厨师，"邻国王公回答说，"懂得怎么烧才会令人满意。我在此逗留期间，你没有上过一道重复的菜肴，一切都做得十分出色。不过我还是要说，你为什么至今还没有端出女王的美食——苏翠拉纳馅饼？"

矮子吓了一跳。因为他从未听说过女王馅饼的名字，然而他定了定神，答复说："噢，主人！还得等一等，我希望我们的宫殿在客人面前闪光，所以迟迟没有端出这道美味。一个厨师替主人筹办告别宴会，难道还有比女王馅饼更好的食品吗？"

"原来如此？"公爵含笑说，"你大概要等我临死前才为我做这道菜表示敬意吧，否则为什么至今没有给我吃女王馅饼啊。好啦，告别宴会上一道别的菜肴吧，明天你必得把女王馅饼端上餐桌。"

"谨遵吩咐，主人！"矮子回答后就离开了。但是他很不愉快。因为下一天将是他受辱的倒霉日子。他根本不知道如何制作女王馅饼。于是他回转卧室，为自己的苦命而哭泣起来。咪咪鹅走向他身边，矮子允许它在自己的房间里四处走动，咪咪询问他啼哭的原因。"收起你的眼泪吧，"她一听说苏翠拉纳馅饼，就立即告诉他，"我父亲的餐桌上经常有这道菜肴，我也大致懂得制作方法，你只需取用这种和那种材料，这般和那般分量就行，倘若收集不全原本必要的一切材料，我想主子们也未必有如此敏锐的鉴别力能够品尝出来。"矮子听完咪咪这番话后快活得蹦跳起来，他感谢上帝赐福让他那天购买了咪咪，并且立即动手做女王馅饼。他先试做了一只小馅饼，看看模样不错，味道也极好；厨师长尝过之后赞誉说，他的厨艺又有了新的进展。

第二天他制作了一只大馅饼，他在刚出炉的热气腾腾的饼上装饰了花环图案后，便把它送上了餐桌。随后他自己也全身盛装地走进了大厅。他踏进大厅时，首席切肉侍者正在切割大馅饼，接着把切好的馅饼盛入小银盘，分送给了公爵和他的客人。公爵咬了大大的一口，抬眼望着天花板，咽下馅饼后赞叹道："妙，妙，妙啊！不枉称女王馅饼，不过我的矮子也应该称为厨师之王吧，对不对，亲爱的朋友？"

客人只是尝了一小口，细细品味着、检验着，随即嘲讽地笑起来，一脸神秘的样子。"烹调得很地道，"他回答，推开了盘子，"但是苏翠拉纳的配料不全。我确信事实如此。"

公爵恼怒地皱起了眉头，羞得满脸通红。"狗矮子！"他怒吼，"你敢加害你的主子吗？我该不该砍下你的大脑袋，该不该惩罚你的恶劣行为？"

"啊，主人！上天保佑，我是按照规定的烹调方法制作这道菜的，没有少搁任何材料啊！"矮子辩白说，吓得浑身颤抖。

"你撒谎，你这个坏小子！"公爵说，踢了他一脚，"否则我的客人绝不会说，馅饼里缺了什么。我要宰了你，把你放进馅饼里！"

"发发善心吧！"矮子哭喊说，用膝盖跪行到客人面前，抓住他的双脚，"说说这道菜缺了什么东西，竟不合您的口味？别让我为了一块鲜肉和一撮面包而送命吧！"

"我帮不了你多少忙，亲爱的长鼻，"邻国客人笑嘻嘻地回答说，"我昨天就已想到，你不能够像我的厨师那样做好这道菜。你知道吗？你缺一种香菜，你们这里不生长这种植物，它叫尼斯米特洛斯特草，馅饼里缺了它等于没搁调料，你的主人永远吃不到我吃的女王馅饼。"法兰克地方的统治者勃然大怒。"我一定会吃到的，"他双眼冒火地吼叫说，"我以皇家的尊严起誓，我明天若不能按您的要求奉上女王馅饼，我就——我就砍下这个家伙的脑袋挂在宫门上。滚吧，你这条狗，我再给你二十四个钟头。"

公爵大喊大叫了一通。矮子只得再度哭泣着回到自己的小房间，向他的鹅哭诉不幸的命运，因为他根本不知道这种香草，所以必死无疑。"就这一件事吧，"她说，"我能够帮你的忙，因为我父亲曾教会我识别一切药草。倘若现在是别的季节，你也许非死不可，幸而目前恰逢新月期，正是尼斯米特洛斯特草生长的季节。好吧，告诉我，王宫附近有没有古老的栗树？"

"嗯，有的！""长鼻"松了一口气说，"在湖边，离房子二百步左右，长着一大片栗树。为什么问这个？"

"因为这种草只生长在老栗树的根部，"咪咪说，"所以我们不能耽搁，赶快去找你需要的东西吧。把我抱起来，坐在你的肩上，我来替你寻找。"

矮子照她的吩咐做了，带领她朝王宫角门走去。可是守门的卫兵用枪拦住了他，说道："好心的'长鼻'，我不能违命。你不能离开王宫，已经下了最严格的命令。"

"我总可以进花园里去吧？"矮子说，"请发发善心，派你的一位同伴去问问总管，我可以在花园里寻找做菜的香草吗？"于是卫兵就去问了，矮子的请求被批准了。因为花园的围墙很高，矮子绝不可能逃出去。"长鼻"带着咪咪鹅进入园中后，小心翼翼地让鹅站到地上，她就飞快地领他奔向湖边，跑到栗树下。他忧心忡忡地跟在她身后，这是他最后的也是唯一的希望了；她若找不到香草，他就下定决心，宁可一头跳入湖中，也不让人砍头。然而咪咪白费力气，她搜遍了每一棵栗树底下，她用喙翻寻了树根处的每一棵小草，却一无所获。她又伤心又害怕，哭泣起来。这时夜幕已开始降临，周围的事物逐渐难以辨认了。

矮子的目光偶尔望向湖对岸，突然叫嚷道："瞧啊，瞧啊！湖那边有一棵大树，一棵老栗树，让我们到那里去找找，也许那儿正盛开着我的幸福呢。"咪咪鹅打开翅膀跳跃着奔跑过去，矮子则尽两条短腿的可能速度紧随其后。老栗树投射下一大片浓荫，四周黑黝黝的，几乎看不清任何东西。然而咪咪忽然站住不动，狂喜地扑打着翅膀，接着把头迅速探进高高密密的草丛，采摘下一些植物，轻轻地把喙里的东西递给吃惊的矮子，说道："这就是香草，这儿生长着一大片呢，足够你使用的了。"

矮子凝视着香草陷入沉思。一阵阵甜蜜的香气扑面而来，他不由自主地忆起了自己变形的场景。草茎和叶片是蓝绿色的，茎秆上顶着镶金边的火焰般鲜红的花朵。

"赞美上帝！"他终于喊出声来，"奇迹啊！你知道吧，我肯定这就是让我变形的同一种香草，它让我先变成松鼠又变成如今这副丑陋模样。我现在就试试变回来吧？"

"暂且等一等，"咪咪鹅请求，"你和我先满满地摘一大把草再回房去，你收拾好自己的钱和其他需用的东西，然后我们来试试这种香草的法力。"

于是，他们摘了草再回到房间，矮子的心由于紧张的期待而跳得怦怦响。当他把自己节省下来的五十或六十个金币、一些衣服和鞋子收拾好捆成一只包裹，便开口道："上帝保佑，我将要摆脱这副沉重的负担了。"他把长鼻深深地埋进香草束里，嗅吸着它们的香气。

说时迟那时快，他浑身的关节都随着发出噼里啪啦的声音延长了，他感到自己的脑袋正从双肩上高高伸出；他斜睨着自己的长鼻，眼见它一下子越来越小；他的背脊和胸膛开始变得平坦，他的两条腿也变得修长了。

咪咪鹅眼睁睁目睹了这些变化，惊讶万分。"嗨！你多么高大，多么英俊！"她叫嚷说，"感谢上帝，你完全变回了自己原先的模样！"约可布喜悦极了，双手合十祈祷起来。他虽然满心欢喜，也没有忘记自己欠咪咪鹅的情分。尽管他迫切地想见自己的父母亲，然而感恩之心还是战胜了这个愿望，他说道："我得以恢复原先的自己，除了感谢你，还能感谢谁呢？没有你帮忙，我绝对找不到这种香草，我会永远是矮子'长鼻'，或者甚至死在刽子手的斧下。喏，开始吧，让我来报答你。我要把你带到你父亲身边。"

他熟悉魔术，会轻轻松松解除魔法的！"咪咪流着喜悦的泪水，接受了他提出的建议。约可布带着鹅，趁人不备，幸运地逃出了王宫，循着海岸线向咪咪的故乡走去。

我还能够向大家叙述什么呢？他们一路平安完成了旅途，魏特布克替女儿解除了魔法，赠送约可布许多礼物后才放他回家乡；他父母心花怒放地认出眼前的英俊少年乃是他们遗失多年的儿子，他用魏特布克馈赠的礼物购买了一个店铺，一直幸福而富裕地生活至今。

然而我还要再多说几句，自从矮子脱逃之后，公爵的宫廷里一片大乱。因为公爵第二天本当实践自己的誓言，倘若矮子找不到香草，便要下令砍他的脑袋，然而他却失踪了。邻国的王公断言，是公爵私下放跑了矮子，以免丧失自己最优秀的厨师，于是狠狠地斥责对方背信弃义自食其言。如此这般，两国之间开了仗，这就是历史上有名的人称"香草战争"的大战。两国打了许多仗，最后总算恢复了和平，签订了人们所谓的"馅饼和约"，因为王公在签订和约的宴会上，让自己的厨师烹饪了苏翠拉纳馅饼，也就是女王馅饼，让公爵大快朵颐了一番。

事实上，小小的事由的确常常会酿成重大后果。这便是一件实例，噢，先生，这就是矮子"长鼻"的故事。

年轻的英国人

老爷，我是一个德国人，在贵国只生活了很短一段时间，波斯童话、苏丹和宰相们的有趣故事，我是讲不出来的。因此，我只好冒昧地请您允许，让我来讲讲自己老家的乡土故事，没准您还会觉得挺有意思的哪。很可惜，我们的故事总不如贵地方的那么高尚。也就是说，它们都与苏丹、国王们无关，也不涉及宰相、贵人那样的大人物，这些人要是在我们那里，就相当于司法、财务大臣，或是枢密官什么的了。我的故事，除非是与军人有关，照例都是些平淡无奇的凡人小事。

在德国南部，有个叫格留维塞的小镇，我就是在那里出生与上学的。那个镇规模小得很，跟那一带大多数镇子差不多。镇子中心是一个不算大的市场和一个喷水池，紧挨着的就是一个又小又旧的市政厅了。市场周围坐落着法官们和富商的住宅，其他居民则住在附近的几条狭窄巷子里。这地方谁都认得谁，出了丁点大的事，全镇的人个个知

晓。大牧师、镇长或是医生饭桌上多上了一道菜，全镇人午餐时便都知道了。下午妇女们上街坊家去聊天，她们一边喝着浓咖啡，吃着甜点心，一边谈的不消说必定就是这件大事。她们最后得出的结论无非是：大牧师兴许是买彩票得了大奖了；镇长准是收了谁的什么好处费了；而医生呢，那还用说，准是让药剂师往自己口袋里塞了金币了呗，难怪这一阵子他老开贵药。因此，您很容易便想象得出，像格留维塞这么一个秩序井然的小地方，突然新添了一个谁也不知道来自何方、有何打算、以何为生的人，那是让人多么别扭的一件事。虽然镇长检查过他的护照，那种文书是来我们国家的每一个人都必须具备的，镇长在医生们喝咖啡的小酒馆里跟大家说，护照上的签证手续倒还是清楚的，上面说是允许持有者由柏林赴格留维塞。但是他总觉得不大对头，因为此人从外表上看就有点可疑。镇长在地方上极具威望，因此，这个人便理所当然成为众人心目中的可疑分子了。他行动上再怎么努力，也扭不转我那些老乡对他的看法。

　　这个外国人花了几个金币，租下一座此前一直是空着的房子，着人运来满满一车古怪的装备，例如火炉啦、烤东西的铁叉啦、大平底锅啦，搬进屋子，便完全独自一人地生活下去。嘿，他甚至自己做饭，连厨子都不雇。没有一个人进入过他的家，除了一个格留维塞老头儿，此人帮他买面包、肉和蔬菜。连老头儿也只能去到门廊那里，把东西一一递给他，由他接过去。

这人来到我老家的那个镇子时，我还是个十岁的男孩，今天我还能记得清清楚楚，仿佛那是昨天的事似的，他的到来引起了小镇多么大的不安。跟本地人不一样，他下午不去玩九柱戏，晚上也不进酒店去边抽烟斗，边跟大家议论报上刊登的新闻。镇长、法官、医生和大牧师也曾依次邀请他上自己家去吃饭或是喝咖啡，但都被他一一谢绝。便有一些人认定这是个疯子，另一些人则一口咬定他是魔法师或是巫师。一直到我长到十八、二十岁时，大家仍然称他为"那个外国先生"。

有一天，镇上来了一些人，带来一些动物。这是些跑江湖的，带来的一匹骆驼会鞠躬行礼，一头熊会跳舞，几条狗、几只猴子，穿上人的衣服人模人样的，非常滑稽，什么花样的把戏都能表演。这种人一般总是先穿街走巷，在十字路口或是广场上停下，用一面小鼓一支横笛，奏出刺耳的音乐，让人和动物又是蹦又是跳，折腾完了就挨门挨户去敛钱。这回来格留维塞的班子却跟以往的颇不一样，他们带来了一只几乎跟人一般高的大猩猩，能用两条腿走路，再刁钻古怪的把戏也难不倒它。这场小狗、狮狲的把戏也表演到那位外国先生的门口来了。鼓和笛子响起时他的脸在积了多年污垢的窗子后面露了一下，先是老大的不高兴。不过很快，他变得和颜悦色一些了，趴在窗口上观赏起

来，让人人都觉得惊奇意外，到后来更是对猩猩的表演看得发出衷心的哈哈大笑。不仅如此，他甚至因为看得满意扔下来一块大银币，引起了全镇人的议论纷纷。

第二天早上，这个杂耍班子便上路去旁的地方了。那匹骆驼得驮上好多只箩筐，狗和猴子都在里面蹲坐着，十分舒服；驯兽师与大猩猩只得跟在骆驼后面安步当车了。他们走出城门没几个小时，那位外国先生便匆匆赶到驿站，要求租一辆马车几匹快马，这倒让驿站长大吃一惊。他让马车驶出的是戏班子出去的同一个城门，走的也是戏班子所走的同一条路。全镇人都因为拿不准他到底要去什么地方而心烦意乱。等那个外国先生坐原车回到城门口时，夜幕都已经垂下了。不过，车子里还坐着另外一个人，帽子拉得低低的遮住了他的脸，还有一块丝巾扎在嘴巴和耳朵的周围。税务官认为自己有责任要盘查一下另外的那个人，便叫他把护照拿出来，那人却出语粗鲁，光是嘟囔了几个字，不知是哪国话，让人根本听不懂。

"他是我的侄子，"那个外国人很和蔼地对收税官说，一边往他手心里放了几个银币。"是我的侄儿，德国话说不好。方才是用家乡话说了句口头语，车子让人拦了他气儿不顺呢。"

"得了，既然是你老的侄子，"收税官回答道，"没有护照进镇也不打紧。他要跟你一块儿住的吧，对不对？"

"那还用说！"外国人说，"多半会在此地住上一阵子呢。"

收税官不再拦阻，外国先生和他的侄子一起驾车进入小镇。镇长也好，全镇上下也好，都对收税官的做法很不满意。不管怎么说，他至少也应该听清楚侄儿说的话里的几个字呀，这样不就可以很容易辨认出那家伙还有他侄儿是什么地方的人了吗。收税官抗辩说，反正那不是法语也不是意大利语，声音放得很开，跟英语嘛倒有点儿像，而且还骂了句粗话"Goddamn！"呢。就这样，收税官让自己从困局里解脱出来，而那侄儿却得到了一个诨名，因为小镇居民从此时起，要说到他时便再也不用别的称呼，除了"那年轻的英国人"。

可是那年轻的英国人再也不露面，不管是在九柱戏场还是在地窖酒吧。但他却以别的方式给人许多烦扰。那个外国人的家里原本挺安静，现在却会时不时传出一些可怕的叫声与喧闹，引得闲人都围拢在房子外面朝里窥望。能见到那个年轻的英国人穿了件大红的燕尾服和一条绿裤子，头发散乱，神色惊慌，飞快地掠过一扇扇窗子，跑遍了所有的房间。而身穿红睡袍的那个老外国人则追在后面，手持猎鞭，却总抽不到前面的那个。但外面围观的人觉得他还是会抽到几下的，因为时不时也能听到惨叫声与鞭子的啪啪声。这种虐待行为让软心肠的小镇妇女觉得应该出来说几句话，她们终于去催促镇长，让他过问一下。镇长给外国人写了一封短信，用严厉的言辞责怪他不该这样粗暴地对待自己的侄子，并且威胁说，今后若是再发生这样的事情，他就要对年轻人采取特别保护措施了。

可是最最感到意外的莫过于镇长大人了，因为十年来，他还是头一回见到那外国人登门来拜访他。老先生直为自己的做法表示抱歉，说他这样做是受了年轻人父母的嘱托，他们要求他对儿子在教育上要从严管束。他急于要教会侄儿把德语说好，这样日后才可以放心把他介绍进格留维塞的上流社会呀。可这孩子学外语就是特别笨拙，他没有别的办法只得抽上几鞭让他长点记性。镇长对这样的解释十分满意，说严加管束是可以的，但总还是适度为宜。那天晚上，他在地窖酒吧发表宏论，说像外国人这样博学多闻而又彬彬有礼的君子，现在真是不多见了。他接下去还说："他很少参加社交活动，这对我们真是一大损失呀。不过我想，等他侄儿会说些德语之后他必定会多参加一些的。"

经过这件事情之后，小镇居民的看法就完全改变了。大家都认为外国人是个正派人，谁都想跟他套近乎，也觉得从荒凉的老房子里时不时传出几声怪叫也只不过是小事一桩了。他们会说："他在给他的侄儿上德语课呢。"人们也不再围在他家门口看热闹了。经过差不多三个月，德语课似乎已经上完，因为老先生像是要再朝前走一步了。镇上居住着一个身体衰弱的法国人，一向以向年轻人传授舞艺为生。老先生派人把他叫来，跟他说有意请他教自己的侄子跳舞。他告诉老师，虽然他侄子是个很听话的学生，但是在跳舞方面却很有主见。这孩子过去跟别的老师学过几天，姿势已经学僵了，跟别人一块跳时总合不上来。这孩子自以为舞跳得可以算是一流，其实是非驴非马，跳的既不是华尔兹也不是盖洛普（在我老家大伙儿都跳这种舞），也一点儿都不像苏格兰舞或是法兰西舞。老先生答应给舞蹈老师一小时一块银元的学费，法国老师便高高兴兴地收下了这个僵手僵脚、自以为是的学生。

那法国人后来私下里告诉我，世界上再没有比上这样的跳舞课更稀奇古怪的事了。这个侄子，个子还算高挑，但是腿有点儿短，穿了一件红色大礼服，一条宽宽松松的绿裤子，戴副小羊皮手套，头发梳得还挺光溜。他言语不多，说出来的话带外国口音。一开头总显得非常有礼貌，非常懂事，但是忽然会调皮地乱蹦乱跳起来，做出最最古怪的动作，几乎要使舞蹈老师晕厥过去。每逢老师指出他哪儿跳得不对，他就会脱下雅致的舞鞋，把它们朝法国老师的头上扔过去，接着便手脚并用，在房间四处爬来爬去。听到这样的吵闹声，老先生便会从自己的房间里冲出来，穿着肥大的红色睡袍，头戴一顶金色纸帽，将打猎时用的皮鞭重重地往他侄儿的背上抽去。那个侄子便开始惨叫，一边跳上桌子和高高的立柜，不，甚至还跳到了十字窗框上，一边喊出了一种奇怪的外国话。那位穿大红睡袍的老先生却仍然不放过他，他抓住侄儿的腿，把侄儿拉下来，痛打一顿，用只扣圈把侄儿的领带往紧里勒，这以后，侄儿就会变得规规矩矩，老老实实了。于是舞蹈课便继续进行下去。

终于有一天，舞蹈教师总算把学生调教得能跟上音乐跳舞了，他的学生像是完全换了样儿似的。这时，镇上的一位乐师被聘请来，他得坐在这幢空荡荡房屋的一张桌子上奏乐。舞蹈老师此时必须当女伴了，老先生让他穿上丝绸衣服，披一条东印度的肩巾。侄子邀请他，于是两人开始跳舞，转起了圈子。这后生跳起舞来真是不知疲倦和疯劲儿十足。他那两条长长的胳臂紧紧搂住老师不放，老师都气喘吁吁，直喊不行了，却还得继续地跳，一直跳到他真的瘫倒在地，或者是那位乐师手指发僵，在小提琴上都拉不出声音来了，这才罢休。这样的舞蹈课差点儿要了老师的命。但是他每回都能稳稳当当地拿到银元，而且老先生还有好酒相赠，这就使得他即使每次都下定决心再也不进这座房子了，但是临到下一回他还是乖乖地来了。

格留维塞居民看问题的角度却与舞蹈老师迥然不同。他们发现这后生具有巨大的社交潜力。小镇上的女士为冬季将有一位舞蹈专家莅临而雀跃不已，因为这地方缺的正是男伴。

一天早晨，女仆们买菜回来，向她的男女主人报告了一件奇怪的事情。她们看到那座空荡荡房子前停着一辆装有明晃晃玻璃的漂亮马车，前面套着两匹高头大马。穿着漂亮号衣的仆人把车门拉开。突然，空房子的门开开了，走出来两位衣冠楚楚的绅士，一个是那位老先生，另一个当然就是那学德语非常吃力，舞跳得疯疯癫癫的年轻先生了。两人都登上马车，马夫也跳上驾驶座，谁料得到呢！马车竟径直朝镇长家驶去了！

主妇们一听到仆人的报告，便立即将身上的围裙和不太干净的便帽扯下，换上了自己最穿得出去的衣服。"再没有比这更明显的事情了，"她们对家人说。这时，全家大小都忙作一团，要把招待客人并兼作各种用途的那个房间收拾出来。"非常清楚，那个外国人要把他的侄子引进社交场合了。那个老顽固不懂礼貌，足足十年都不进我们家门。尽管这样，我们还得原谅他，这都是看在他侄儿的分上，听说那是个很可爱的年轻人呢。"她们边说边督促儿女，客人来时，行为举止务必要得体端庄，吐字发音也千万别带土腔。

小镇的主妇端的聪明，她们一点儿没有猜错。那位老先生为了表示自己与侄子对大家的敬意，的确是在挨家逐户进行拜访呢。

大家都对两个外国人表示了热忱的欢迎，只恨相识太晚。老先生果然是上等人家出身，机智聪明，就是说什么都挂着笑容，让人摸不透他是认真的呢，还是在开玩笑。他谈到了天气、乡野环境、夏天在山脚下那家地窖酒吧避暑的乐趣等，真是妙语如珠，思路不凡，让人无法不赞赏与钦佩。至于那位侄子呢，他更是迷住了所有的人，赢得了大家的欢心！至于他的外貌嘛，要说非常漂亮还有点儿勉强。他脸的下半部分，特别是他的下颌，过于突出，皮肤颜色也深了一些。他有时爱做出种种怪样子，闭上眼睛啦，露出牙齿啦，不过大家觉得他的脸相还是有棱有角，蛮有趣的。至于他的身段，那是再灵活优雅不过了。虽然那套衣服穿在他身上显得特别，不过还是跟他很相称。他在房间里一刻也安定不下来，一会儿往一张沙发上倒下去，一会儿又坐进一把安乐椅，两条腿往外伸得直挺挺的。这样的动作，要是由别的年轻人做出来，就会被指责为不懂规矩了，可是这侄儿这么干，大家却直说是风流潇洒。"他是英国人嘛，"别人会这么说，"英国人就是这个样子的。即使有十位妇女没有位子坐，他照样可以躺直在沙发上呼呼大睡的。英国人这么干是算不得什么的。"不过对于那位老先生，这个侄子倒还是毕恭毕敬的。遇到他忍不住想在房间四处乱蹦乱跳或是想把脚搁到安乐椅上去时，老先生的一个眼色便足以使他变得规规矩矩。况且每逢拜访一个人家，老先生都要预先跟主妇打个招呼："我这侄子没受过多少教育，免不了有些粗野，不过我对社交生活还是寄予很大的希望的，就是想通过这样的交往使他变得有教养一些。就有劳夫人多加指点了。"有了这一番话，谁还会责怪这年轻人呢？

就这样，这个侄儿被领进了社交场。整整一天，还有第二天，全格留维塞人谈的都是这件事。那位老先生并不是到此为止。他的思想方式、生活方式似乎完全变了样。每天下午，他会带了侄子去山脚下的那家地窖酒吧。那是格留维塞头面人物常去喝酒与玩九柱戏的地方。在这项活动上侄儿也显示出了自己的才能，因为他每扔一个球出去总会撂倒五六柱的。不过时不时他脑子里会生出一些怪念头。他没准会快得像箭一样和球一起冲出去，把球场弄成一团糟。有时他撂倒了一大片，或是打中了"国王"，他就会突然用梳理得漂漂亮亮的脑袋支地，两条脚叉开，伸向天空。如果刚好有辆马车驶过，还没等别人看见他已经蹿到马车顶上去了，他蹲在那上面朝底下的人直做鬼脸，车走出一小段路之后，才急急地跑回到人群中来。

遇到这种情况，老先生总会乞求镇长和别的先生对侄儿的放肆行为多加原谅。而大家仅仅是笑了笑，说那都是因为年纪轻的缘故，还说自己在他那个年龄，也是一样顽皮的。他们就喜欢这样的"小淘气包"。大家都已经用这样的外号来称呼他了。

不过有时候，他们也会因这后生的所作所为而恼火，却又不敢说出来，因为年轻的英国人的行为已经被公认为有教养与思想正确的典范了。如今到了晚上，老先生总会带着侄儿到小镇的一家叫"金鹿"的酒店里来。侄儿虽说年轻,那副模样却是老气横秋。他对着一只大酒杯一坐,鼻子上架着一副大眼镜,又掏出一只大烟斗,点燃了它,呼呼地喷烟,劲儿使得比在场任何一个人的都大。报上登了一条什么消息,是关于战争与和平的,大家争辩起来,医生持一种观点,镇长却不以为然,别的绅士对双方见解都如此高明莫不深感佩服。可是这时候,那个侄子却突然插嘴,提出了全然不同的第三种看法。他用那只手套从不脱下的手拍击桌子,以再明确不过的语言告诉那两人,他们对整个问题的看法都太过肤浅,据他所知,事情绝非如此简单。接下去他用离奇古怪、结结巴巴的德语,把自己的意见端了出来,使在场的人莫不觉得如拨云霓见青天,心想他既然是英国人,见解如此深刻自然是理所应当的。只有镇长心中不免老大的不自在。

如果镇长与医生压着一肚子发不出来的火坐下来对弈的话,那个侄儿又会挨上前来,从镇长肩膀上透过自己那副大眼镜观看棋局,还指手画脚,说这个子儿下得不对,那个子儿下错了,又指点医生该这么下,不该那么下,弄得两人气儿不打一处来。若是镇长提出来跟他杀上一盘——镇长自命是举世无双的棋坛圣手——以杀杀他的傲气时,那老先生便用扣圈把侄子的领结再往紧里收收,那后生遂做出非常有礼貌、非常规矩的样子,但他还是把镇长将死了。

格留维塞人几乎每天晚上都要玩牌,每局输赢照例是半枚十字钱。那侄儿认为这太寒酸了。他说要赌就得赌银币或是金币,他自称是玩牌的好手。可是却屡战屡败,把大把银子输给别人,让受了侮辱的人无形中一点点消了气。他们赢了这么多钱倒也丝毫无愧于心,因为他们认定"他是英国人,英国人就是打小在钱堆里滚大的嘛"。他们一边说,一边把金币悉数扫入自己的口袋。

就这样,外国先生的侄子很快就在小镇内外受到大家的特殊青睐。没有人能够记起来,在格留维塞有过这样的一位年轻人,出现过如此稀奇古怪的事。人们说不出,除了舞蹈方面的一点点皮毛知识之外，他还学过什么技艺，因为对于拉丁文和希腊语，他可说是一窍不通。有一天大家在镇长家里聚会作乐，必须由他来写上几个字，大家发现，他连自己的名字都不会写。在地理方面，他则是连东南西北都分不清，低级错误连连，因为他会把一个德国城市说成是在法国，把一个丹麦地方划归波兰。他不读书，不研究问题，大牧师对于这后生这么懵懂无知连连摇头。不过，凡是他说的与做的一切，大家还都是一个劲儿的赞同和拥护。而他也总是认为自己一切方面都是对的。说完一件事，他最后的那句话总是："这件事知道得最清楚的还得算我了！"

冬天快要到了，侄子出的风头越来越足了。他没到场，社交聚会就变得沉闷乏味。即使有个聪明人说了句含意深刻的话，大家也会哈欠连连。可是每当那个侄儿用蹩脚德语说了句十足的废话时，大伙儿也会竖起耳朵恭听。现在，大家初次发现，这优秀青年还是位诗人哪。因为每天晚上他都会从口袋里摸出几张纸片，给大家念上几首十四行诗。当然，总有几个人认为这些诗有几处写得不见得高明，没什么意思，或是有几段像是在哪本书上见到过的，但是那后生不让这些风言风语扫了自己的兴。他自管自往下念，还时不时让大家注意他写的诗这儿那儿有多么的美。而每一次他都会博得雷霆般的喝彩声与鼓掌声。

不过他风头出得最足之处还是在格留维塞的舞会上。没有人能比他跳得更有耐力和更加敏捷的了，也没有人能和他一样动作难度这么高、姿态这么优美的了。在这样的场合下，他伯伯总是让他穿得光鲜招摇，赶上最新的款式。他虽然衣服不大合身，但大家都说这人不管穿什么，都是一样的潇洒，虽然男士们自惭形秽，心里不免酸溜溜的。原先的规矩是总由镇长来领跳头一场舞，以后才由名门望族的年轻人接过去领跳。但是自从外国后生来了之后，一切都变了。他连邀请都不好好邀请，就拉起离他最近那位女士的手，领跳起来，而且想怎么跳就怎么跳，霸气十足，俨然是舞会的主宰。由于女士们发现他风度翩

翩，性情怡人，男士们于是敢怒不敢言，那侄儿便心安理得地享受着这一份尊荣。

这样的舞会像是能给老先生提供最大的乐趣了。他目不转睛地盯看着他的侄子，独自微笑。当所有的人都涌到他面前异口同声地称赞这位公子是多么的彬彬有礼与教育有方时，他更是喜不自胜，迸发出了哈哈大笑，有如一个傻子。格留维塞居民认为他高兴得如此失态，都是因为爱侄子的关系，因此是完全可以理解的。不过老先生时不时也得对侄子施行点家法。因为那后生跳着最最优雅的舞步时，会突然跃上乐师奏乐的平台，把低音提琴从琴师的手里夺过来，将琴弦乱拨一气。要不就是突然改变舞姿，用手来跳，双脚朝空中乱踢乱蹬。遇到这样的情形，当伯伯的就会把侄子拖到一边，狠狠地教训他一顿，同时把他的领结勒得更紧，直到他变规矩为止。

那个侄子在社交场合与舞会上的表现就是这样了。不过，社会上的风气往往就是好事不出门，坏事传千里。一种独特的时髦新花样，不管有多么滑稽可笑，总会让年轻人趋之若鹜，其实他们这样做根本没有通过大脑，不去想想对自己对别人是否合适。在格留维塞，那侄子的奇怪作派就是这样。对于他的古怪的行为方式、粗俗的哗然大笑与谈吐、对老年人粗鲁的回答，大伙儿不但不加以责备，反而是赞不绝口，甚至还觉得话说得聪明之至，他们在心里想的是："要做这样一个玩世不恭的才子又有何难，莫非我就当不成吗？"他们原本倒还是勤勤恳恳、聪明好学的青年，可是现在，他们寻思："读书又有何用呢，无知岂不是更容易出人头地吗？"此时他们便丢下书本，在广场、大街上到处乱逛。他们以前对谁都是和和气气，毕恭毕敬，人家有问他们才敢开口回答，语气也总是温和得体的。如今他们没大没小，胡乱插话，还固执己见，甚至在镇长发表看法后还当面予以驳斥，认为自己什么都比别人要知道得多。

以前，格留维塞的年轻人对粗俗与下流的作派避之唯恐不及。可是现在，他们唱起了各种各样庸俗不堪的歌曲，用大烟斗抽烟，成了低级酒吧的常客。他们视力很好，却

要买来大号的眼镜，架在鼻梁上，认为这样才够气派，因为他们现在每一处都要学那个大名鼎鼎的侄子的样呢。他们在家或是出外做客时总是整个人连马靴、马刺一并躺倒在长椅上，在贵宾面前也是二郎腿一翘，坐在餐桌前则是胳膊肘带拳头都上桌面，还用双手支着自己的那张脸，他们认为眼下最风雅的就是这类举止了。他们的母亲与亲友都对他们说这样做很愚蠢，很不礼貌，可是他们却说那个侄子就是这么干的呀，他们无非是学学样儿罢了。人家说，那侄儿是英国后生，不懂规矩是情有可原，外国人嘛自然要粗野一些的。但是格留维塞的年轻人抗辩说他们跟优秀的英国人一样，有权像风流才子似的放荡不羁。总而言之，令人痛心的是，由于那个侄儿的恶劣榜样，格留维塞的优良传统与淳朴风气竟然都荡然无存了。

不过那些年轻人不守规矩、肆无忌惮的快乐日子并未持续多久，下面这样的一件事突然改变了整个形势。镇上的冬季娱乐本来就打算以一次盛大的音乐会来做一结束的。参加演出的一部分是镇上的职业乐师，另一部分则是本地水平不低的票友。镇长自己拉大提琴，医生的大管吹得够一流水平的，药剂师虽说不是当音乐家的料儿，但笛子吹得也差强人意。格留维塞的几位年轻女士还练习了好几支歌曲。总之，一切都安排得井井有条。但是那位外国老先生发表了一个看法：音乐会如此安排自然也是不错，但是，倘若要向正规的音乐会看齐，一首二重唱那可是少不得的。听了这番意见，大家倒是犯了愁了。镇长的千金小姐固然唱得赛过夜莺，可是相匹般的男声又上哪儿去找呢？人们终于想起了那位老风琴师，他也一度是个蛮不错的男低音呢。老先生却说何必这么大费手脚，他的侄儿本身就唱得很有水平嘛。大家一听年轻人居然还有这等本领，真是惊诧不已，自然是马上怂恿他来上几段。他推却不过，只能试唱几首，除了身段方面有些特别，可以归之于英吉利风格之外，别的倒的确都很不错，安琪儿下凡怕是不过如此了。于是二重唱便匆匆忙忙排了几遍。夜晚终于降临，格留维塞的居民总算可以一饱耳福了。

可惜得很，老先生不能出席亲自观赏他侄儿的精彩表演，因为他突然生病了。不过，一小时前镇长去探望过他，听他交待了对付他侄子的几道高招。

"其实，我的侄儿真是个大好人，"他说，"不过，他脑子里时不时会生出一些怪念头，要玩一些鬼花样。我不能够自己在场真是抱歉之至。他对我还是唯命是从的，他知道不听话是不行的。不过我得给他说句公道话，这不是品质上的问题，而是生理上的原因，是天性如此。镇长先生，倘若他想坐到乐谱架上去，或是要玩低音提琴什么的，那就麻烦您把他的高领结松开一些，或是干脆摘掉，您就会看到他会变得如何彬彬有礼了。"

镇长谢谢病人对自己这么信任，他答应，倘若真有需要，他一切都会照老先生的吩咐去办的。

音乐厅里挤得水泄不通，因为格留维塞本镇以及郊野的居民全都来了。连得十数里开外的大人先生、牧师、乡绅以及其他人等全都不远而来，还带着全家老小，为的是能和格留维塞镇民共度良宵。镇上的职业乐师演奏得非常出色。接着就是镇长的节目，他演奏大提琴，药剂师用笛子伴奏。再往下是风琴师的男低音独唱，他博得了全场鼓掌。医生的大管独奏也招来了不少掌声。

音乐会的上半场到此为止，所有人都急切地等待下半场的开始，外国后生马上就要和镇长小姐合作演出二重唱了。那个侄儿早就穿着一套挺招摇的光鲜服装到场了，他一直吸引着许多人的眼光。他大大咧咧地在一张华丽的靠背椅上坐了下来，这椅子原来是特地为邻近的一位伯爵夫人备下的。他两条腿直直地往前伸出去，举着巨大的观剧镜到处张望，其实他还带着他那副大眼镜呢。他一只手抚弄着一条大狗，照说犬类是不得入场的，可是他却大模大样把狗带了进来。

给留了座的那位伯爵夫人到了，那个侄子一点儿都不做出要站起来让座的样子。他反而让自己往椅子深处坐去，也没有人敢去提醒他一句。尊贵的夫人只得跟小镇别的女子一起挤坐在一把普通不过的草垫子沙发椅上,据说她当时真的是大大的生气了。

不管是镇长作精彩表演,风琴师引吭高歌,还是医生在把大管吹得出神入化时,所有人都屏气止息,仔细品味,可是那侄子却在逗大狗去叼他扔出去的手帕,或是跟邻座的人大声说话,使得不认识这个年轻绅士的观众都对他的放肆失态感到惊讶。

这就难怪所有的人都要对他在二重唱中会有怎样的表现倍加关心了。下半场开始了,先由职业乐师们演奏了几首小曲子,接着镇长带了女儿走到年轻人跟前,递给他一份乐谱,问他:"先生,能有幸请你表演二重唱吗?"年轻人露出牙齿哈哈大笑,跳了起来,两人跟着他来到台上乐谱架前。全场的人莫不紧张地期待与观望着。风琴师开始打起拍子,示意他可以唱了。他透过镜片看着乐谱,却发出了几个让人吃惊的怪难听的声音。风琴师冲他嚷道:"要再低两个音,好先生。你得唱C音!"

那后生不但不唱C音,还脱下一只鞋子朝风琴师头上扔了过去,打得他头上洒的发粉四散飞扬。镇长一看到这番景象便心里想道:"他毛病又犯了。"于是赶紧跑上去,捏住他的脖子,把他的领结放松一些。

可是这样一来，那后生情况更不好了。他不再说德语，而是说一种谁都听不明白的话，而且在会场里大步子地跳过来跳过去。镇长见到好端端的一台戏给搅成了这样，沮丧极了。他估摸准是这青年人遇见什么特别不顺心的事，便决定把他的领结全部松开。但是镇长刚做成这件事，便吓得像是遭了雷击一样，因为领结下面根本不是人的皮和肉，而是深褐色的兽皮兽毛。那后生顿时一跳三丈高，姿势也更加古怪了。他用戴了小羊皮手套的手去抓头发，竟把头发揪了下来。哦，天哪！原来这漂亮的头发竟是一副假发套。他把发套扔在镇长的脸上。现在，他头顶上也都现出了深褐色的兽毛。

他在桌子、椅子上跳过来跳过去，推倒了乐谱架，砸烂了小提琴和黑管，简直像个疯子。镇长也怒不可遏，他喊道："抓住他！抓住他！他是疯子，快抓住他！"不过要做这件事谈何容易。因为那后生已经脱下手套。他手上露出了尖利的爪子，能伸到别人脸上去把人家抓得伤痕累累。终于，有个勇敢的猎人想法子逮住了他。猎人把他那两只长胳膊一并紧紧抱住，使他只能用腿乱踢乱蹬，声音嘶哑地狂吼乱叫。人们围拢过来，细细察看这个奇怪的年轻人，他现在已经没有一点人的模样了。一位有学问的先生走过来，他在邻县开有一家陈列了各种动物标本的博物馆，在仔细端详了之后，惊奇地说道："我的好老天，女士们先生们，你们怎么能把一只动物带进上流社会来呢？唉，这是一只猩猩呀，你们若是愿意出让，我可以付给你们六块现大洋。我打算把他剥制成标本放在陈列室。"

格留维塞的居民听到这个消息时的惊讶神情，有谁能描摹出来呢！什么，与我们做伴的竟是一只猩猩！那个年轻的外国人只是一只再普通不过的猩猩！他们大叫起来，面面相觑、呆若木鸡。

大家简直无法相信，也不敢相信。人们更仔细地加以观察，不错，那根本就是一只再普通不过的猩猩。

"这怎么可能呢？"镇长夫人喊了起来。"他不是经常对着我朗诵诗歌的吗？他不是跟其他人一样，和我们一起进餐的吗？"

"真是的，"医生的太太说，"怎么可能呢？他经常上我家和我们一起喝咖啡，次数还不少哪，他那样滔滔不绝，边抽烟，边和我丈夫讨论问题，显得很有头脑的。"

"这怎么可能呢？"男士们也喊出声来。"他不是在地窖酒吧跟我们一起玩九柱戏，还辩论政治问题，跟任何人没有什么不同吗？"

"可不是吗？"他们满腹狐疑地说，"他不是跳舞时当领舞人的吗？居然是一只猩猩！一只猩猩！太不可思议了！这里面准是有魔法在作怪！"

"是的，必定是玩了什么花招，用了什么障眼法术！"镇长边说，边把那后生的或者不如说猩猩的领结拿出来。"瞧！法术都在这只领结上面呢，它让我们把他看作是像模像样的人了。这个领结很宽，是用柔韧的皮子做的，上面还写有许多古怪的符号，该不是拉丁文吧。这里有谁能读懂拉丁文吗？"

大牧师是个有学识的人，虽说下棋时常常是后生的手下败将。这时候，他凑上前来，看了看写在羊皮纸上的那些字，接着说道："没什么复杂的！不过就是一些拉丁文字罢了，意思是：

这只猩猩性情好生滑稽，

特别是吃下一只苹果时。"

"不错，不错，"他接着说，"是对大家的一次性质特别恶劣的作弄，是在玩瞒天过海，理应受到最严厉的惩治。"

镇长也持有同样看法，他立刻要去外国人的家里捉拿这个家伙，毫无疑问，此人必定是个巫师了，他得立即接受审查。他叫了六个士兵抬起那只猩猩，来到那所空荡荡的房子的前面，一大群人簇拥在后面，因为谁都想知道事情结果如何。门也敲了，铃也按了，但是没有用，无人出来应门。镇长大怒，命令砸门，他们强行进入外国人的寓所，可是除了一些旧家具之外，什么都没有见到。找遍了屋子也没有见到老外国人的影子。不过，在一张写字桌上倒是放着一封密封的大信封，上面写明是给镇长的。镇长立刻撕开信，念道：

我亲爱的格留维塞的居民们：

当你们读到此信时，我已经永远地离开了你们的小镇了。此时此际，对于我那个宝贝侄子的出身与国籍，你们必定已经一清二楚了吧。恕我放肆，与你们开了一个玩笑，就请你们权当那是一次有益的教训吧。一个陌生人愿意单独过清静的日子，你们何必苦苦要将其拉入你们的社交生活呢？我只求独善其身，对于你们那喋喋不休的闲聊、庸俗不堪的风气、可笑之至的规矩，我都视为畏途。出于无奈，只得训练出一只年幼猩猩，充任我的代表，看来你们对它倒还是喜爱有加的呢。

再见了！至于你们能从中接受多少教训，那就要看你们有多么大的接受能力了。

格留维塞的居民们在全国人的面前都羞愧得无地自容。他们唯一能辩解的就是这件事过于玄虚，很有点神秘色彩。但是怎么也说不过去的是格留维塞年轻人的所作所为，他们竟把一只猩猩的肆意妄为视为自己行为的圭臬。从那以后，他们再也不把胳膊肘支在桌子上，或是坐在安乐椅里乱颠乱抖了。大人不向他们发问他们便静立在侧，不再插话。他们又和以前一样斯文安静了。倘若有谁做出俗气可笑的举动，格留维塞的人便会说："那是一只猩猩。"

至于那只假冒年轻绅士的猩猩，在那位开博物馆的先生的博物馆里跑来跑去，能得到喂养。若是有人出于好奇想要看看他，那他就充当展品。

冷酷的心（上）

凡是旅行经过施瓦本的人，千万别忘了去黑森林瞧一瞧。倒不是去瞧那里的树，尽管人们并不是到处都能看见这么一望无际的雄伟挺拔的杉树林，而是因为那里的人，他们与周围地区的居民有明显的区别。他们比普通人长得高些，肩膀宽阔，四肢强壮；也许是由于每天清晨从冷杉树林喷涌而出的浓烈香气，让他们自青春少年时代就呼吸舒畅，眼睛明亮，具有一种坚定的，或者说略为粗鲁的勇敢品性，使他们不同于生活在山谷和平原地区的居民。而且不仅仅在举止和身材上，就连习俗和服饰，他们也和居住在黑森林外面的居民全然不同。巴登州黑森林居民的衣着总是最漂亮、最讲究。男子汉总让他们的胡子围绕下颚自然生长，他们上穿黑色紧身的短上衣，下套有密密细裥的肥大裤子，脚穿鲜红色的长袜，尖尖的帽子上有一道宽宽的檐儿。这身打扮让他们的模样有点奇特，却颇为庄重、威严。这里的人惯常从事制作玻璃产品，他们也制作钟表，而且已经销往半个地球了。

在森林的另一边，居住着同一族类的另一部分后人，他们不制作玻璃，同时因工作不同而有另一种风俗和习惯。他们经营木材行当。他们砍伐自己的冷杉树，然后让木材顺着纳戈尔特河流入尼卡尔河，又从尼卡尔河向下流进莱茵河，一直运送到荷兰。住在海边的人们都认识黑森林人和他们的长长的木筏，他们在每一个沿河的城市都停靠一阵，自豪地等待着是否有买主来采购他们的横梁和板材。那些最长最结实的横梁是造船的材料，他们要荷兰船老板付出重重一袋钱币呢。这些人如今都已习惯了条件恶劣的流浪生活。他们的乐趣是乘着木筏随同汹涌的河水奔流而下，他们的苦恼是又要登上河岸回家去。他们的漂亮衣服也不同于黑森林另一边制作玻璃的族人。他们身穿深色亚麻布短上衣，宽阔胸膛前的绿色背带足有一手宽，裤子是黑色皮革的，裤子口袋里探出一把黄铜尺子，就像是一种荣誉标志。而他们的骄傲和快乐是他们的长筒靴子，无论在地球的哪个地方，都找不出更高的了。因为它们足足高出膝盖两拃之多，这些驾木筏的人尽可以在三尺深的水里随意走动而不弄湿双脚。

不久前，黑森林的居民们还相信有森林精灵存在，直到最近才逐渐地消除了这种愚蠢的迷信。奇怪的是这类黑森林传说中的精灵，也按不同地区而穿戴打扮截然不同。人们传说"小玻璃人"只有三尺半高，是个善良的精灵，一年四季总戴一顶宽沿小尖帽，穿着紧身短上衣和宽大的裤子，脚上是鲜红的长筒袜。而活动在森林另一边的"荷兰鬼米歇尔"却是个高大的巨人，这个宽肩膀的家伙总穿驾木筏人的服装，许多见过他的人断言说，他们钱包里的钱不够付他那双用牛犊皮做的长筒靴子的费用。"大极了，一个普通男子汉穿上，可以一直套到脖梗哎。"他们个个这么说，肯定自己绝无夸张之处。

据说，从前有个黑森林青年和这两个精灵有过一段不寻常的经历，这就是我下面要讲的故事。

寡妇芭芭拉·孟克太太是黑森林的居民，她丈夫生前是个烧炭夫，她在丈夫去世后慢慢培养自己十六岁的儿子彼得·孟克，也干起了这一行当。

聪明的彼得·孟克却另有想法。他以往跟随父亲除了整星期整星期坐在冒烟的炭窑前，就是浑身煤烟黑黢黢惹人厌恶地进城去出售煤炭，再也没见识过别的情况。然而一个烧炭夫用来思索的时间太多太多，孟克坐在窑前免不了想想自己和别人的命运，四周黑沉沉的杉树和森林里的压抑寂静总让他的心一阵阵酸痛，产生出一种说不清楚的渴望。总有什么东西令他忧伤，令他气恼，他自己也不知道那是什么东西。后来他终于知道了令他恼怒的原因——那就是他的处境。"一个浑身污黑的孤独烧炭夫！"他自言自语道，"这是一种悲惨的生活。玻璃工人、钟表工人，甚至是星期日夜晚的乐手，全都比我强，他们多么体面啊！而彼得·孟克呢？当我洗刷得干干净净，穿上父亲那件银纽扣的节日上装，套着崭新的红袜子出门时，倘若有人走在我身后，一定会暗暗想道：前边的修长小伙子是谁啊？他会赞美我的袜子和我的庄重步态，然而，待他经过我身边，望见了我，他就一定会说：'哎哟，原来不过是烧炭夫彼得·孟克。'"

就连森林那边的木材商也是孟克的嫉妒对象。每逢他看见这些森林巨人走过，穿着节日盛装，身上钉着或挂着的纽扣、裤扣和链子加起来总有五十磅银子，当他们叉开长腿满脸傲气观看人们跳舞，嘴里骂着荷兰粗话，还像最高贵的荷兰阔佬那样用一码长的科隆烟斗抽烟时，孟克就会想象这样一种木材商人正是世上有福之人的最完美形象。而当这些有福之人把手伸进钱袋，掏出大把大把银币，掷骰子赌输六块银币，又赢回五块银币，孟克就会垂头丧气地踮着脚尖走开，心情沉重地溜回自己的小屋，因为他曾在若干假日的夜晚，亲眼看见这位或者那位"木材先生"赌一次所输掉的钱就远远超过自己穷苦的父亲一年所挣的钱。这批男人中有三个人尤其出色，孟克不知道自己应当最钦佩哪一个。其中一个是个高大的胖子，红红的脸膛，被人们视为本地区最富有的人。大家都叫他胖子艾采希尔。他每年去荷兰做两次木材生意，每次都福星高照，总能比其他人以贵得多的价格售出货物；当其他人步行回家时，他总能够体体面面乘车而归。第二个人是黑森林里最高最瘦的家伙，人们叫他长子舒罗凯尔，孟克羡慕他的惊人胆量。舒罗凯尔敢否定一切最有声望的人，只要他需要，即使酒馆里已经拥挤不堪，他也会一人独占可坐四个大胖子的位置，他要么撑开双肘横在桌子上，要么伸出一条长腿搁到长凳上，没有人敢对他说半个不字，因为他钱多得惊人。第三个人是个漂亮的年轻小伙子，是远近闻名的跳舞能手，因而人们称他舞会王子。他原本很穷苦，当过一个木材商的仆人，后来一下子发了财。某些人说他在一棵古老的冷杉树下挖到了满满一罐黄金，而另一些人则认为，他在离宾根城不远的莱茵河上用木筏工人偶尔叉鱼的叉子捞到了整整一袋金币，那儿正是埋藏尼伯龙根珍宝的地带，那袋金币是伟大的尼伯龙根宝藏的一部分。总之，他突然富了，无论年轻人还是老人都把他看成了一位王子。

烧炭夫彼得·孟克孤零零地独坐于冷杉林中时，脑海里总是盘桓着这三个男人的形象。毫无疑问，三个人都有致命的弱点，使得黑森林的居民憎恨他们，那便是他们难以形容的悭吝，对负债人和穷人毫无同情心，而黑森林居民们都是些性情温和善良的小人物。不过人们知道应当如何看待这类事情，大家即使憎恨他们的贪婪，同时也尊重他们的富有。谁能像他那样大把大把地花钱呢？他们的钱仿佛是从冷杉树上摇下来的。

"再也不能这样活下去了。"有一天，彼得痛苦地自言自语说。因为前一天是个假日，人人都去了酒店。"倘若我不能很快发迹，那么我就别活着了。我得像胖子艾采希尔那样又体面又有钱，或者像长子舒罗凯尔一样有势力，或者像舞会王子，向乐师们抛扔的不是小钱而是银币！这小伙子从哪里弄到钱的呢？"他绞尽脑汁，千方百计也想不出个好办法。最后，他忽然想到了流传至今的民间传说。据说有些人借"荷兰鬼米歇尔"和"小玻璃人"的力量发了财。彼得的父亲还在世的日子，常有其他穷苦居民来拜访,大伙总是滔滔不绝地谈论富人们如何发迹的事。在他们的谈话中,小玻璃人往往是主要角色。是啊,只要他努力思索,他大概能够回忆起那首小诗,凡是求见精灵的人,都必得在森林中央那座长满冷杉树的小山冈上朗读这首诗。他想起了开头几句:

绿色冷杉林里的藏宝人,

你已有几百岁的年龄,

你的土地上都有冷杉树矗立……

但是,不管他怎么使劲回忆,就是记不起后面的诗句。他常常想该向哪一位老人打听这首诗的全部诗句,却总会产生一种畏怯之感,而不敢去问。他也得出了个结论:黑森林地区并没有多少富人,小玻璃人的传说显然传播不广,因而知道这首格言诗的人也必然很少。否则,为什么自己的父亲和其他穷苦居民不去试试运气呢?有一天,他终于和自己的母亲谈起了小玻璃人。她向他叙述的全都是他业已知道的事,她也只能够记起整段格言的头几行,不过她还告诉儿子,唯有那些在星期天中午十一点到两点之间出生的人,才能够让小玻璃人显露真身。他凑巧符合这个标准,因为他是星期天中午十二点出生的,他只需说全整段诗就够了。

烧炭夫彼得·孟克听完母亲这番话后,快活得几乎忘乎所以,他渴望快快着手这次冒险行动。他觉得自己能够记起一部分诗句,又是星期天出生的孩子,这就足够让小玻璃人向他显身了。于是有一天他卖完木炭后,不再重新点燃炭窑,而是穿上父亲的节日上衣和一双新的红袜子,戴上星期日礼帽,手握一根五尺长的黑色荆棘手杖,向母亲辞行说:"我得进城去办事,这里很快就要征兵了,我要诚恳地劝说那里的管事官员,您是个寡妇,而我是您的独生子……"母亲称赞他的英明决定,他却动身去了冷杉树林。

杉树冈坐落在黑森林的最高地带，当年，小山冈附近两个钟头路程内没有任何村庄，是的，甚至没有一间小茅屋，因为当时人们很迷信，认为那地方"不太平"。人们还声称，那里的冷杉树长得又高大又壮丽，不乐意沦为木料，因而伐木人倘若去那里干活，斧头会从斧把上脱落砍人脚面，或者大树会猛然撞倒砍树的人，让他们受伤，甚至被压死。人们还说，砍下最挺拔美丽的杉树也只能用作劈柴，因为木筏的主人绝不肯拿杉树冈上砍下的树干制造木筏，根据传说，哪怕只有一根杉树冈树干被编进木筏下了水，人和筏子都要遭殃。从那时以来，杉树冈上的冷杉树越发高大茂密，明亮的白天进入林子也像夜晚一般令人感到毛骨悚然。除了自己的脚步声，他听不见任何动静，连鸟儿们似乎也回避这黑沉沉的密密的冷杉林。

烧炭夫彼得·孟克现在走到了杉树冈的最高处，在一棵巨大无比的冷杉树前站住了。这样一棵大树，任何荷兰船主见了都会当场付出成百上千的银币的。他暗暗想道，藏宝人肯定就住在这里，于

是他脱下自己巨大的节日礼帽,朝大树深深地鞠了一躬,清了清喉咙,声音颤抖地开言道:"谨祝晚安,玻璃人先生。"然而没有任何答话声,周围的一切仍旧和刚才一样寂静。

"我也许必须得先念一遍诗句。"他想了想,喃喃地念出声来:

> 绿色冷杉林里的藏宝人，
>
> 你已有几百岁的年龄，
>
> 你的土地上都有冷杉树矗立……

最后一句的话音刚落，他看见一棵粗壮的杉树后有个非常矮小的古怪老人正探头望着自己，不禁吓了一跳。他看到的正是小玻璃人，与人们传说中所描述的分毫不差：黑色小上衣，红袜子，小帽子，统统都一样，就连那张苍白的脸，那种优雅、睿智的表情，也符合人们的叙述。但是，哎哟，小玻璃人出现得快，怎么消失得也这么迅速！"玻璃人先生，"彼得·孟克犹豫片刻后大叫起来，"对我友好一点吧，别把我看成傻子。玻璃人先生，倘若您以为我方才没有看见您，您就大错啦，我真真切切看见您在树后朝外张望。"始终没有人回答，只是恍惚觉得树后好似有一些轻微的、沙哑的嗤笑声。最后，他的焦躁、不耐烦战胜了一直抑制着他的恐惧感。"等着瞧吧，小矮子，"他喊叫说，"我立刻就逮住你。"他猛然一跃，跳到了杉树后边，那儿却没有绿色杉树林的守护神，仅有一只纤巧可爱的小松鼠正迅速地爬上杉树。

彼得·孟克摇摇头。他感觉自己念的咒语已有一定程度的作用，若不是少了一行，小玻璃人就会显身了。然而他想来想去还是想不出那句话。小松鼠爬上了杉树上那根最低的树干，好像在微笑着鼓舞他，或者是在嘲笑他。它时而擦拭打扮自己，时而把美丽的尾巴蜷成一团，时而又用那双狡黠的眼睛望着他，最后竟让彼得几乎不敢单独面对这个小动物，因为小松鼠忽然似乎长着一颗人头，头上还戴着一顶尖角小帽；忽然又恢复成了普通的小松鼠,只是后腿穿着红袜子和黑鞋子。总之,这是一只滑稽可爱的动物,然而却让烧炭夫彼得内心不安,因为他总在想"情况有点不正常"。

彼得离开了,步子比来的时候迈得更加匆忙。暗沉沉的杉树林似乎越来越黑了,冷杉树一棵棵挨得越来越密,彼得开始心惊胆战起来,连跑带跳地飞奔着,直到听见了远处的狗叫声,随即又望见了杉树间一户人家冒出的炊烟,这才安下心来。但是他再走近些,看清了茅屋里的人们的穿着,便发现自己因为恐惧恰恰跑错了方向,没有来到玻璃工人地区,而到了伐木人这里。茅屋里居住的都是伐木人。一个老人,他的当家儿子,还有几个已成年的孙子。他们接纳了请求住一宿的彼得·孟克,好心地不询问他的名字和住处,款待他喝苹果酒,晚餐时还请他吃了一只肥山鸡,这是黑森林里最好的菜肴了。

晚餐后,主妇和她的女儿们围坐在大火把周围绕线杆纺纱,男孩子们不时替火把添一块纯净的冷杉树脂;老爷爷、客人和主人一边抽烟,一边瞧妇女们干活,小伙子们则忙着用木块雕刻勺子和叉子。屋外,树林里刮起了风暴,咆哮着穿过冷杉树,人们听到这里那里传来一阵阵剧烈的撞击声,常常好像有整棵整棵的树木被折断,一大片一大片的树林被刮倒。那些不知畏惧的大胆的年轻人都想冲出去亲眼看看树林里这场动人心魄的壮观场面,他们的爷爷却用严厉的言语和目光阻拦了他们。"我不准任何人现在走出门外,"他大声说,"荷兰鬼米歇尔今天夜里在树林里砍造新木筏,谁出去了就永远回不来了。"

男孩们听得目瞪口呆。他们当然都听说过荷兰鬼米歇尔,不过现在他们请求爷爷详细地讲一讲荷兰鬼的故事,连彼得·孟克也附和他们的请求。彼得·孟克只是模糊地听说有个荷兰鬼米歇尔,他也想听老人讲讲荷兰鬼是什么人,住在什么地方。

"他是树林的主人,我推断,你这般年纪还不知道他干过的事,说明你必定住在杉树冈另一边,或者住在更远的地方。我给你们讲讲传说中的荷兰鬼米歇尔的事。

"大概一百年前吧,全世界远远近近国度里的人,都没有黑森林人诚实,至少我爷爷是这么告诉我的。如今,自从无数金钱大量流入这片土地之后,人们就变得不诚实不可靠了。小伙子们每逢星期天就跳舞、狂呼乱叫、诅咒骂人,情形十分可怕。当年全然不是这样的,即使米歇尔现在来到窗前朝里张望,我还要这么说。人们常说,今日的种种腐化堕落,都应当怪罪于荷兰鬼米歇尔。言归正传吧,距今一百年前,本地有位极富的木材商,他雇用许多奴仆,他的生意一直做到莱茵河那边。他做买卖总是很走运,因为他是一个虔诚的人。有一天黄昏时分,有个男人来到他家门前,他不认识这个陌生人。那人的穿着打扮像黑森林的普通小伙子,但是却比当地所有的人整整高出一个脑袋,谁也无法相信世界上竟有这样高的巨人。这个陌生人请求木材商给他一份工作。老板见他身体强壮,可以干重活,便和他讲妥工资,订了协议。这位老板手下还不曾有过米歇尔似的工人,砍起树来一人顶三人,倘若六个工人才能拖动木材的一头,他一人就能扛起另一头。他当砍伐工半年之后,有一天走到老板面前请求说:'我在这里砍树的时间够长久了,我也很想看看自己砍下的木材都去了哪儿,您能让我也驾一次木筏吗?'

"木材商回答道:'你想出门看看世界,我不会挡你的道,米歇尔。我确实需要像你这么强壮的汉子砍伐树木,虽然驾驶木筏要依靠熟练的技巧,不过这一回还是让你去吧。'

"事情就这样决定了。米歇尔要乘的木筏共分八节,最后几节是以将要用做横梁的大树干编成的。然而发生了什么情况呢?就在出发的前一天黄昏,大个子米歇尔把八根大梁木放进了河水,人们从未见过如此粗大的木料,他却一根接一根轻轻松松地扛在肩上,就好似扛一根撑木筏的篙子,让大家看得目瞪口呆。他究竟从哪儿砍伐到这等大树,直到今天也无人知晓。木材商一见不禁心花怒放,因为他心里早已算计好这些梁木的价钱了。米歇尔说道:'瞧吧,用它们才可能编成让我驾驶的木筏,那些小木头哪能承受住我。'老板为了酬谢他,赠送他一双驾木筏的长靴子,米歇尔却把它们抛在一边,取出自己带来的长靴子,谁也没见过同样的靴子。我爷爷担保说,这靴子足有一百磅重、五尺长。

"木筏出发了。米歇尔从前曾让伐木工人惊讶,如今更是让木筏工人吓得目瞪口呆了。人们原本以为木料太重太大,木筏在河水里流动得不会很快,谁知筏子一进尼卡尔河,竟像离弦的箭一般向前飞驶。尼卡尔河有一个大拐弯处,驾木筏的工人以往总得费尽力气才能让筏子保持在河中心,以免撞上卵石堆或者沙滩,如今米歇尔每回都是跳进水里,只是用力一推,筏子就随意地或左或右,顺顺当当地躲过了危险。当木筏进了笔直的河道,他总是径直飞奔到第一节筏子上,叫大家放下手里的篙子,独自用一棵无比巨大的树干,粗得像织布机轴,用力插入沙石,使劲一撑,木筏就飞驰向前了,两岸的工地、树木和村庄闪电似的一晃就过去了。如此这般,他们只花费往常需用的一半时间,就沿莱茵河到了科隆。科隆原是他们销售货物的地点。然而米歇尔却在这里对他们说:'你们都是精明的生意人,知道保护自己的利益!难道你们认为科隆人自己用得着所有这些采自黑森林的木料?不,他们用低廉的价格买下你们的货物,随后高价出售到荷兰。让我们只在这里售出小木料,大的都运到荷兰去。高出往日价格售得的多余钱币,岂不是我们的额外收入?'

"狡猾的米歇尔的这番言论,大家听了都颇为同意。有的人想趁机到荷兰去观光观光,有的人则想多捞些外快。唯有一个人很诚实,警告大家不要拿老板的货物去冒险,或者为了赚取更高价格的利润而欺骗主人,但是大家不肯听他的劝,把他的话忘得一干二净,而荷兰鬼米歇尔没有忘记。他们驾着木筏顺莱茵河飞驰而去,以米歇尔为首的筏子很快地就抵达了鹿特丹。那里的买主付了比往日高出四倍的价钱，尤其是米歇尔砍伐的巨大木材更让买主出了重重的一袋银币。这些黑森林人看见一大笔钱都欣喜若狂了。米歇尔开始分钱，一份留给老板，其余三份分给了大家。于是这些人就进了酒馆旅店，他们和水手们以及其他形形色色的坏家伙混在一起狂赌滥闹，花完了所有的钱。而那个诚实的人，由于规劝过大家而被荷兰鬼米歇尔卖给了一个人口贩子，就此杳无音信。从那时以来，黑森林的年轻人都把荷兰看成了天堂乐园，荷兰鬼米歇尔便是他们的大王。木材商们很长时间都不知道这种地下交易，于是金钱、诅咒、坏习气、酗酒和赌博逐渐不知不觉地从荷兰进入了黑森林。

"当米歇尔的故事终于传开时，他本人却消失得无影无踪了，当然他并没有死去。百年来，他的幽灵始终出没在黑森林。人们传说，他曾帮助许多人发财致富。然而，那些人却为此付出了他们可怜的灵魂。我不想再多说什么了。不过我可以肯定，在今天这样的暴风雨夜晚，他会去人们不敢去的杉树冈搜寻砍伐最挺拔美丽的冷杉树，我父亲就曾亲眼看见他砍倒一棵四尺多粗的大树，竟像折断一根芦苇。他把这些树干赠送给不走正道的坏家伙，让他们追随自己。午夜时分，他们把编好的木筏推入河水，由他率领大家去了荷兰。倘若我是荷兰的君王和主人，我就下令用榴霰弹把他炸得粉碎，因为一切船只，凡是装载了荷兰鬼米歇尔砍伐的木材，哪怕仅仅用了一根，也必定会导致船只沉没。否则人们怎么会听到这么多的沉船消息呢？为什么一艘建造坚固的漂亮船只，大得像一座教堂，会倾覆而沉没水底呢？每逢荷兰鬼米歇尔在暴风雨的深夜从黑森林砍伐下一棵冷杉，便会有一根他过去提供的木材自船只接缝处裂开脱落，海水从中汹涌而入，于是这艘船便连船带人完蛋了。这就是关于荷兰鬼米歇尔的传说，事实上，凡是发生在黑森林的一切坏事，全都源自这个米歇尔。噢！他能让人发财呢！"老人说到此处又补充一句道，"不过我绝不想得到他丝毫的好处。我绝不愿和胖子艾采希尔、长子舒罗凯尔打什么交道，就连那位舞会王子据说也是投靠他起家的！"

老人讲述故事时风暴已逐渐平息。姑娘们小心翼翼地点燃一盏灯后离开了。男人们在炉旁长凳上放置好一个填满树叶的口袋作为彼得·孟克的枕头，并祝他一夜平安。

烧炭夫孟克生平还从不曾像这个夜晚似的怪梦连连。时而看到一脸邪气的巨大的米歇尔拉开窗户，伸出长得可怕的胳臂拎进满满一口袋金币，米歇尔抖动口袋，金币互相撞击着，发出清脆悦耳的声响；时而又再一次见到了和蔼的小玻璃人，正骑着一只巨大的绿色瓶子在房间里不停地转悠，他好像又听见了一种略带沙哑的笑声，如同他在杉树冈上所闻。接着，他觉得左耳朵里传进一阵轻轻的说话声：

荷兰有金子，

您付出小小的代价，

就可以随意拿取，

金子，啊，金子。

随后，他右耳朵里又响起了绿色冷杉林藏宝人的歌曲，还有一个柔和的声音向他悄悄低语："笨烧炭夫彼得，笨彼得·孟克，连一个'立'字韵也记不起，亏你还是星期天正午十二点出生的孩子。押韵吧，把咒语里这个韵押上吧，笨彼得。"

他叹息着，在梦中呻吟着，努力寻找着咒语里的这个韵母，但是他一辈子也没有押过韵，梦里的努力当然是一场徒劳。第一道曙光把他照醒时，他还清楚地记得这场奇怪的梦。他交叉双臂坐在桌后，回溯着梦中的轻声细语，它们始终回荡在耳中："押韵吧，把咒语里这个韵押上吧，笨彼得！"他一边重复这句话，一边用手指敲击自己的脑门，但是没有敲出任何韵母来。他仍旧傻傻地坐着，暗淡无神的眼睛瞪视着前方，思考着这个"立"字韵。这时屋前走过三个小伙子，他们正朝森林走去，其中一个边走边唱着一首歌：

> 我在山头站立，
> 向下凝望峡谷，
> 我最后一次望见
> 望见她的倩影。

歌曲像一道闪电穿透了彼得的耳膜，他慌忙站起身子，冲出屋外，他认为自己听得还不很真切，就急匆匆追上了三个年轻人，慌张而粗暴地抓住唱歌人的胳臂。

"站住，朋友！"他大声叫嚷，"您歌里怎么押'立'字韵的，请帮帮我，告诉我，您唱的什么歌吧。"

"关你什么事，小伙子！"黑森林里的年轻人回答，"我高兴唱什么就唱什么，你立刻松开我的手臂，否则……"

"不，你得告诉我你唱了什么！"彼得高声尖叫，简直像发了疯，把对方抓得更紧了。另外两个男孩看见这一场面，只犹豫了片刻，就跑过来狠狠地挥动拳头殴打可怜的彼得，揍得他疼痛难忍。彼得只得松开那个男孩的衣服，筋疲力尽地跪倒在地。"你得到报应了吧。"他们哈哈笑着说，"你记住，疯小子，碰上我们这样的人，千万甭想挡道。"

"好的，我会牢牢记住的！"烧炭夫彼得呻吟着说，"不过我已经挨了揍，你们就行行好，清楚地说一说那小伙子唱的歌词吧。"

三个男孩又哈哈大笑起来，挖苦了他一番。不过那个唱歌的人还是向他朗诵了歌词,然后嘻嘻哈哈笑着唱着继续上路了。

"原来我可以押'见'字韵,"可怜的被殴者边说边吃力地站起身来,"'见'字和'立'字本是同韵啊。小玻璃人,我们可以重新谈谈啦。"彼得回到茅屋,拿起帽子和长手杖,向这家人告了别,循着来路走回杉树冈。他慢慢地走着,静静地思索着,因为他必须把欠缺的诗句想出来。当他走进了杉树冈地带,四周的冷杉树已经越来越高、越来越密的时候,他终于想出了那行诗句,高兴得跳了起来。

这时,冷杉树后走出了一个穿木筏工服装的巨人,手里握着一根粗得像船桅的大篙子。彼得·孟克一见那人迈着缓慢的步子在自己身边转悠,吓得几乎瘫倒在地,因为他估计那人不是别人,正是荷兰鬼米歇尔。那个可怕的巨人始终一声不吭,彼得不时心惊胆战地斜睨他一眼。他比彼得以往所见最高的人还要高出整整一头,他的脸显得不年轻,也不显苍老,却布满了长长短短的皱纹。他穿一件亚麻布紧身短上衣,一双巨大无比的长筒靴一直拉到皮裤子上端,与彼得听到的传说中描述的一模一样。

"彼得·孟克,你来杉树冈干什么?"他终于开口了,声音低沉凶狠。

"早晨好,同乡,"彼得回答,原本想显示自己毫无畏惧之心,却不由自主地颤抖起来,"我要穿过杉树冈回家去。"

"彼得·孟克,"对方反驳说,咄咄逼人的目光可怕地盯着烧炭夫,"你回家不必经过这座林子。"

"是啊,确实不必绕道此地,不过今天有点热,我想走这里会凉快些。"

"别撒谎了,你这个烧炭夫彼得!"荷兰鬼米歇尔打雷似的大吼起来,"或者让我干脆一篙子打死你,难道你以为我没见你恳求那个小矮子吗?"然后又语气温和地补充道:"去吧,去吧,你是在干蠢事,幸亏你记不清那段咒语。那个小矮子是个吝啬鬼,从不赠送很多东西,谁拿了他的东西,就会一辈子不快乐。——彼得,你真是个可怜的傻瓜，我替你感到惋惜。这么一个活泼英俊的年轻人，原本能够在世界上有所作为，却得去烧木炭！别人大把大把地挥金似土，你却不敢多花几个小钱，这是一种可怜的生活。"

"事实如此，您说得对。这是一种凄惨的生活。"

"嗯，对我来说，这不算什么难事，"可怕的米歇尔继续往下说道，"我已经帮过一些规矩的小伙子摆脱困境，你并不是第一个。开口吧，你第一次需要几百块银币？"

他边说边顺手摇动着那只巨大口袋里的钱币，叮当的声响，恰似彼得昨夜梦中所闻。但是这番话却让彼得心慌得怦怦直跳，感觉一阵阵又冷又热。荷兰鬼米歇尔的神情让他看不清他赠送金钱的用意，是同情他呢，抑或另有企图？昨夜老爷爷那些关于财主们出卖灵魂的言语，忽然浮现在他的脑际，一阵莫名的恐惧向他袭来，他大声喊叫着回答："谢谢啦，先生！但是我不想拿您任何东西，我早听说您的事了。"说罢就拼命逃开了。然而这个森林鬼仍旧迈着大步走在他身旁，声音低沉地威胁他说："你会后悔的，彼得，你肯定还要来找我的；这一点清清楚楚写在你的额头上，也显现在你的眼睛里，你逃不出我的手心。别跑得那么快，再听我一句理智的劝告吧，我的边界就在那儿了。"

彼得听见这句话，又望到前面不远处有一条小沟，反而越跑越快，想赶紧跨过小沟去，于是米歇尔不得不加紧步子，边追边骂，威胁着彼得。年轻人绝望地纵身一跳，不知能否越过沟去，因为他眼见森林鬼已经高高地举起篙子，正在向他击来。幸而他已跳到沟那边，撑篙在半空中断裂了，好像打到了一堵无形的墙上，一截长长的断杆落到彼得身旁。

他得意扬扬地捡起断杆，打算扔向粗暴的荷兰鬼米歇尔。可是就在这一瞬间，他感觉手中那截木杆活动起来了，他一看吓了一跳，他手里握着的竟是一条大蟒蛇，它已经竖起身子，口吐毒舌，目闪凶光。彼得赶紧松手，然而蟒蛇已经紧紧地缠住他的胳膊，摇摇晃晃的蛇头已越来越接近他的脸庞。蓦地，天上呼呼地飞下一只巨大的松鸡，用喙咬住蛇头，抓起它飞上了天空。荷兰鬼米歇尔在沟对岸看到了这一切，当大蟒蛇被比它更强大的松鸡抓走时，他不禁暴跳如雷，大声嚎叫。

精疲力竭而又吓得浑身打战的彼得，又开始继续赶路。小路越来越陡峭，周围越来越荒芜，不久他又来到了那棵巨大的冷杉树旁。他和昨天一样向看不见的小玻璃人深深地鞠了一躬，然后开始背诵道：

绿色冷杉林里的藏宝人，

你已有几百岁的年龄，

你的土地上都有冷杉树矗立，

星期天的孩子才能把你望见。

"虽然你说得不完全正确，不过你是星期天十二点出生的烧炭夫彼得·孟克，这样就算行了。"一个轻柔微弱的声音在他身旁说道。他吃惊地环顾四周，在一棵美丽的冷杉树下坐着一个矮小的老人，穿着紧身上衣和红袜子，头上戴着一顶巨大的帽子。他有一张神情安详的小脸，一把小胡子纤细得好似蜘蛛丝。他用一只蓝色的玻璃烟斗抽着烟，瞧起来模样非常古怪。当彼得走得更近些时，不由得更加惊异，因为老人连衣服、鞋子和帽子也都是彩色玻璃制成的。然而它们颇为柔软，仿佛还都是热的，因而竟像布料一样会随着小玻璃人的动作而弯曲变形。

"你碰见粗野的荷兰鬼米歇尔了吧？"小老头说，每说出一个词就要古怪地咳嗽一声，"他原本想狠狠地吓唬你一下，可是他那根魔杆被我夺走了，他再也别想拿回这根篙子了。"

"是的，藏宝人先生，"彼得回答说，深深地鞠了一躬，"我的确吓坏了。您想必就是咬死蟒蛇的大松鸡先生，我在此深表感谢了。不过我来找您是为了听取忠告。我的日子过得很艰难，简直困难重重。一个烧炭夫不会有什么前途。由于我还很年轻，所以我想，我也许还能有所作为。我常常看见有些人在短短的时间里就发迹了。倘若我能像艾采希尔和舞会王子就行了。他们把钱看得像干草一样。"

"彼得，"小老头的声调严肃起来，把刚从烟斗里吸出的那口烟喷得远远的，"别向我提起这些人。如果这些人在短暂的几年里表面上似乎很发迹、很幸福，可是随后却因而更加不幸，这种发迹对他们有什么好处呢？你千万不要轻视自己的手艺。你的父亲和祖父全是可尊敬的诚实人，他们干的不都是这门手艺吗？彼得·孟克，我不希望你因为爱偷懒而来寻找我。"

彼得面对老人的严肃神情惊恐起来，脸也红了。"不是的，"他说，"懒惰，我知道

什么叫懒惰,冷杉林的藏宝人先生,懒惰是一切罪恶的开端。但是我不过想改善一下自己眼下的处境,也许算不上坏事吧。烧炭夫是世界上地位最低的人,不论是玻璃工人、木筏工人还是钟表工人都比烧炭夫高一等。"

"骄傲往往导致失败。"冷杉林的矮子先生回答说,语气温和了一些,"你们是一种奇怪的生物,你们人类啊!罕见有哪个人完全满意自己出生和成长的环境。这么说吧,你一旦当上了玻璃工人,你就希望自己是木材老板;一旦成了木材老板,就会时时刻刻乐意当林务官员,或者眼红地方长官的府第。不过我就谈到这儿吧。你若答应我老老实实地干活,我愿意帮助你稍稍改善一下处境。我总是照顾每个星期天中午出生的孩子,他能够找到我的话,我就会满足他三个愿望。第一、第二个愿望任由你随意提出,第三个愿望我可以拒绝,如果我认为那愿望太愚蠢。现在你就提吧,不过,彼得啊,要与人为善,要有益处。"

"哇!您真是个了不起的玻璃人,大家有理由称您为藏宝人,因为您家里藏着财宝。好啦,我现在可以说出向往已久的愿望啦,我的第一个愿望是能够比舞会王子跳得更出色,并且每次进酒馆时口袋里的钱和艾采希尔的一样多。"

"你这蠢货!"矮老头愤愤地责备说,"这愿望多卑微,跳舞跳得好,有钱赌博,算什么愿望呢!笨彼得,把这些误认为幸福,你不感到耻辱吗?你会跳舞对你和你可怜的母亲有什么益处呢?你有钱却只为了像倒霉的舞会王子那样胡乱地花在酒馆里,钱对你又有什么益处?因为你很快又会身无分文,和从前一样忍饥挨饿。你只剩下一个任意提出的愿望了,你得好好想想,要提合理的愿望。"

彼得轻轻地搔搔自己的脑壳,迟疑片刻后说道:"我想拥有一座黑森林地区最漂亮最富裕的玻璃工厂,开工所需的一切设备和资金要都配备齐全的。"

"没有别的要求啦?"小玻璃人神情忧虑地望着他问,"彼得,不要求别的了?"

"嗯，您再给我一匹马和一辆小车……"

"噢，你真是笨烧炭夫，彼得·孟克！"小老头大喊一声，气恼地把自己的玻璃烟斗摔向一棵粗大的冷杉树，它碎裂成千百个小片。"马匹，小车？要有理智，我告诉你，要有理智，你应当希望自己拥有一个健全人所必需的理智和见识，而不是什么马匹和小车。嗯，好吧，你也不要难过了，我们可以等一等，看看以后怎么样，这对你也没有什么坏处。因为你的第二个愿望总的说来不算太离谱。一所好的玻璃厂可以养活许多人，不过你刚才应该同时要求理智和见识才对，车辆和马匹随后自然会有的。"

"那么，藏宝人先生，"彼得回答说，"我不是还剩下一个愿望吗？既然您认为我特别需要理智，我就提这个愿望吧。"

"什么也别提了。你日后还会遭遇某些困难的，那时候你如果还有任意提愿望的机会，就会很快乐。现在嘛，你上路回家吧。"小玻璃人说着伸手从衣袋中掏出一只小小的钱包，"这里有两千个银币，足够花费了，不要再来向我讨钱，否则我一定会把你挂在最高的冷杉树上。自从我住进这座森林里，我一直都是这个态度。三天前，那个老温克弗里兹死了，他在那处杂树林里遗留下一家大玻璃厂。你明天一早就到那里去，用合适的价钱盘下工厂。你要好好干，要勤奋努力，我有时间会去看望你，给你提提意见和建议，因为你不曾向我要求理智。然而，我这话是认真的，我说你的第一个愿望太糟糕了。你得小心，别老往酒店跑，彼得！去那儿的没有人得到过好下场。"小矮人边说边从身上掏出一只用最漂亮的白色玻璃制作的新烟斗，装入几颗干杉树球果，塞进了自己没牙齿的小嘴巴。随即又掏出一片巨大的凸透镜，走到阳光下，点燃了烟斗。他办完这些事，就亲切地向彼得伸出手来握别，还叮嘱他路上小心谨慎，说完就抽起烟来，边抽边吐，越来越快，终于在重重烟云中消失了踪影。那烟云闻起来有地道的荷兰烟草的香气，缓慢地袅袅上升到了冷杉树顶。

彼得回到家里,发现母亲正在为他担忧,因为这个善良的妇女认定自己的儿子被抓了壮丁。他却开开心心地告诉母亲说,他在森林里如何遇见一位好心的朋友,给他提供了金钱,他可以开始干别的行当,不必再烧炭了。尽管他母亲三十年来始终住在烧炭工人的茅屋里,看惯了烧炭夫被烟熏黑的脸庞,如同每一个磨坊主的妻子看惯自己丈夫沾满面粉的白脸一样,然而,当她听完彼得讲述的辉煌好运时,她也露出了太多的虚荣心,瞧不起自己以往的地位了。她说:"是啊,儿子拥有一座玻璃工厂,我作为母亲当然与邻居格蕾特和贝蒂身份不同啦,将来我上教堂得坐在前排,那才是体面人的位置。"

她的儿子和玻璃工厂的继承人很快就办成了交易。他留下了原来的工人,让他们白天黑夜不停地制作玻璃。这门手艺起初还让他感到有兴趣,他总是从从容容地走进厂房,双手插在衣袋里,迈着方步走来走去,东张张,西望望,说说这个又说说那个,常常引得他的工人哄堂大笑。他最喜欢的乐事是看人吹玻璃,也经常自己动手干一番,用还没有变硬的玻璃原料制造出种种稀奇古怪的形象。但是这种工作很快就让他厌烦了。他开头时还每天去工厂一个钟头,后来改成隔天去一次,最后竟是每周才去一次,于是他的伙计们干活也随心所欲了。这一切都因彼得出入酒店所致。从杉树冈回家后的那个星期天,他就去了酒店。谁已经在舞池里跳舞了呢?当然是那个舞会王子啦;而胖子艾采希尔也早已坐在一把大酒壶后面,在掷色子赌银币呢。彼得迅速地把手伸进衣兜,想知道小玻璃人是否遵守诺言,瞧啊,衣兜里丁零当啷满是金币银币。这时他的两条腿抽搐抖动起来,好似它们需要跳舞和跳跃,当第一支舞曲

演奏完毕，他就带着自己的舞伴站到了最前排的舞会王子的旁边。舞会王子跳到三尺高时，彼得就跳四尺高；舞会王子跳出奇妙雅致的花步时，彼得竟交叉两脚旋转起来，以至周围的观众个个兴高采烈地大呼大叫起来，好像发了疯。当人们听说彼得已经购下一家大玻璃工厂，又看见他凡是跳舞经过乐队时总向他们扔去银币，于是大家都惊讶到了极点。一些人说他在森林里觅到了宝藏，另一些人说他刚继承了一份遗产。如今人人都尊敬他，认为他是有成就的人，仅仅因为他有钱。当天晚上他就输了二十个银币，然而衣兜里仍旧丁零当啷，里面仿佛还有一百个银币呢。

彼得看到自己受人尊重，不禁喜不自胜，得意忘形起来。他大把大把地赏钱给穷人，因为自己也曾穷困过，懂得受穷的滋味。舞会王子的舞艺在这位新舞蹈家超越凡人的技巧前败下阵来，彼得如今成了"跳舞皇帝"。每逢星期日，那些最热衷赌博的人也不敢和他较量，当然他们输得就少些。然而彼得输得越多，赢得也越多，情况如同他向小玻璃人所提出的：他口袋里的钱永远和胖子艾采希尔口袋里的钱一样多。而现在，他的赌博对手恰恰是艾采希尔，当他一下子输给对方二十、三十个银币，口袋里立刻又有了同等的钱，因为胖子刚刚把银币放进自己的衣袋。渐渐地，彼得一天比一天更加狂饮滥赌，比黑森林地区最堕落的人还要堕落，人们现在常常称呼他赌徒彼得，而不叫他跳舞大帝了，因为他如今几乎天天在赌钱。由于彼得欠缺理智，他那家玻璃工厂已逐渐衰败了。他总是下令制造玻璃，生产得越多越好，然而他在购买工厂的同时未能同时买下推销产品的神秘诀窍。他不知道如何销售大量积压的玻璃，最终只得以半价出售给流动商贩，仅仅为了发放欠工人的工资。

有一天夜晚，他又从酒店走回家去，尽管为了让自己快活些而喝了许多酒，他仍旧惶恐不安地担忧着自己岌岌可危的家产，忽然觉得有人走在他身边，他转身一看，瞧啊，这不是小玻璃人吗！他顿时勃然大怒，斩钉截铁地责备小玻璃人是使自己遭殃的罪魁祸首。"马和车对我有什么用处？"他叫嚷，"工厂和所有的玻璃又对我有什么好处？当年我还是个穷烧炭夫时，日子也比今天过得快活些，没有任何操心的事。现在我不知道地方官员什么时候会来评估我的财产，为我的债务而进行拍卖。"

小玻璃人回答，"是这样吗？倘若你遭殃，责任全在我吗？这是你对我好心帮助的酬谢吗？谁让你提出了这么愚蠢的愿望？难道想当玻璃工厂老板，可以不懂得把玻璃卖到哪里去吗？难道我没有告诉你，应该小心谨慎地提出愿望吗？理智，彼得，你缺少的是理智和见识。"

"什么叫理智和见识！"彼得大叫，"我是个聪明的小伙子，不比任何人差，我会表现给你看的，小玻璃人。"说话的同时，他粗暴地抓住小玻璃人的衣领，高声嚷嚷道："现在我抓住你了吧，绿色冷杉林里的藏宝人？我向你提出我的第三个愿望，你应当保证兑现。我此时此刻在此地立刻需要二十万银币，还要一幢住宅，还要——噢，痛呀！"彼得尖叫一声，摇晃着自己的手，因为小玻璃人变成了灼热的玻璃，像喷涌的烈火般烧痛他的手；而那个小人儿早已消失得无影无踪。

那只红肿的手让彼得接连几天追忆着自己的忘恩负义和愚蠢荒唐。然而他过后还是昧着良心自欺欺人的说道："倘若人们卖掉了我的工厂和一切财产，那么我还和胖子艾采希尔一样有钱。凡是星期天，我口袋里就不会缺钱。"

那么，彼得！倘若胖子也一无所有了呢？有一天果真发生了这等事，这当然可以算是一种报应。

有一个星期天，彼得驾车来到酒店，客人们纷纷把头伸出窗外，有个人说："赌徒彼得来了。"另一人说："是啊，是跳舞大帝，有钱的玻璃厂老板来了。"第三个人则摇摇头说："到处都有人议论说他已负债累累。城里甚至有人说地方官员早已不耐烦，要扣押他的资产了。"这时候，彼得也正彬彬有礼地向窗口的客人们打招呼。他走下马车就高声喊叫:"太阳酒店老板,晚上好,胖子艾采希尔来了吗?"立即有个低沉的声音回答说:"尽管进来吧,彼得!给你留着位置呢,我们已经到了,正玩牌呢。"于是彼得·孟克迈进酒店,并且立刻把手伸进衣袋,察觉艾采希尔带的钱数量可观,因为他自己的口袋里已经满满的了。

他坐到桌子后面,混在客人堆里赌起来,时输时赢,来来回回赌了又赌,直到夜色已深。一些比较规矩的客人都纷纷回家了,留下的人则点起灯来继续赌,直至还剩下的另两个赌客说:"今天玩够了,该回家去看老婆孩子了。"然而赌徒彼得要求胖子艾采希尔留下来,胖子不愿久留,不过最终还是高声说道:"好吧,我得先数数剩下的钱,随后我们还是掷骰子吧。每次赌五个银币,赌注太小就成了儿童游戏啦。"胖子拿出钱包点了钱,总共有一百个银币,于是赌徒彼得知道自己也还有多少钱,不必费神再点数。艾采希尔一开头赢了,后来却掷一次输一次,就恶狠狠地骂起人来。他刚掷出一对相同的骰子,赌徒彼得也立即掷出一对来,而且永远比他多出两点。最后胖子掏出最后五个银币押上桌面,大喊道:"再掷一次,如果我又输了,我决不住手,你得把刚赢的钱借给我,彼得,男子汉应当拉兄弟一把!"

"借多少都行,要一百个银币也行。"彼得回答,正赢得兴高采烈呢。胖子艾采希尔摇摇骰子,掷出了十五点。"好骰子!"他大叫起来,"现在让我们瞧瞧吧!"但是彼得掷出了十八点,就在此时,彼得身后响起了他听着熟悉的嘶哑嗓音:"完了,这就是最后一掷。"

彼得回头一看,身后站着的是巨人般的荷兰鬼米歇尔,吓得他把刚到手的银币统统掉落在地。而胖子艾采希尔却看不见荷兰鬼,还在要求赌徒彼得借给他十个银币继续玩下去。彼得糊里糊涂地把手伸进口袋,可是钱不见了,他再搜寻另一个口袋,也是分文皆无;他倒转自己的上衣,连一个小钱也没有掉出来。这时他才想起自己的第一个愿望：永远拥有胖子艾采希尔一样多的钱。他知道，一切都像烟一般飘散消失，他完了。

酒店老板和艾采希尔看见他在身上乱找，却什么也没找到，感到不可思议。他们绝不相信他身上没钱，终于亲自动手搜起来，最后火冒三丈地咒骂赌徒彼得是个邪恶的魔法师，把所有赢得的钱连同自己的赌本都通过魔法运送回家了。彼得坚决地为自己辩解，然而面前的事实对他不利。艾采希尔声称要把这一可怕的故事告诉黑森林的全体居民，而酒店老板则答应他明天一清早就陪同他去城里控告彼得·孟克这个魔法师，还补充一句说，他要亲眼看见人们把彼得烧死。接着他们愤怒地扑向彼得，扯下他的紧身短上衣，把他推出了门外。

彼得凄凄惨惨地悄悄地往家里走去。天上没有星星，不过彼得还是辨认出了走在身边的那个漆黑的人影，那人终于开口说道："你完了，彼得·孟克，你的好时光到头了，当时我就曾告诉你这个结果，可是你不肯听我的话，而去找那个傻瓜玻璃矮子。你瞧见了吧，谁敢轻视我的忠告，谁就没有好结果。不过，我还是让你跟我试一试，我很同情你的命运。凡是追随我的人，没有一个人后悔过，倘若你不怕走这条路，明天我整天都在杉树冈一带等候你，你想找我谈话，喊一声就行了。"彼得早知道说话的是什么人，仍旧感到心惊胆战，他什么也不回答，急急地奔回了家。

冷酷的心（下）

彼得星期一早晨去了玻璃厂，那里不仅有他的工人，还有一些谁也不乐意看见的人，那就是一位地方官员和三个法警。那位官员向彼得道了早安，还问他昨夜睡得可好，接着取出一张长长的名单，上面写着彼得债权人的名字。"您能否付清这些债务？"地方官员目光严厉地询问，"请尽量简短，我没有时间多耽搁，回城还有三个钟头的路程呢。"彼得垂头丧气地回答，他已身无分文。他让地方官员对他的住房和庭院、工场和马厩、车辆和马匹做出估价。三个法警和地方官员就到处走来走去，进行检查和评估。这时，彼得暗暗想道：这儿离杉树冈不远，小玻璃人既然不肯帮忙，我何不去找那个巨人试一试？他急急地跑进杉树林，仿佛三个法警在身后追赶似的，他跑得飞快。当他奔过第一次和小玻璃人谈话的地方时，他感觉似乎有一只看不见的手拦住了自己，但是他使劲挣脱身子，继续奔跑着，一直跑到他早就牢牢记住的那条边界线。他跑得上气不接下气,刚刚喊出"荷兰鬼米歇尔,米歇尔先生!"那个巨大的放木筏人手握篙子已经站在他的面前。

"你来啦?"米歇尔满面笑容地问,"他们打算剥你的皮,卖给债权人了吧?行,你不用着急,我早就告诉过你,你的全部不幸都源自那个小玻璃人,那个分裂主义分子和伪善者。送人东西就要送得爽快,决不能像这个守财奴。行了,走吧,"他转过身子朝向森林,"跟我去我的家,看看我们能不能谈成一笔生意。"

谈生意?彼得心里纳闷。他能向我要什么东西呢,我能卖给他什么东西呢?难道要我给他当差?他究竟要什么呢?他们先是沿着一条陡峭的林间小道往上走,突然走到了一座阴森森的险峻的峡谷上面。荷兰鬼米歇尔一下子从岩石上跳下了谷底,就像跨了一级平滑的大理石台阶似的。彼得很快就吓得几乎魂不附体,因为荷兰鬼一到下面就越变越大,大得像一座教堂钟楼;他把一条胳膊伸给彼得,那胳膊又粗又长,竟像织布机的主轴,而那只手掌竟有酒店的桌子一般大;他叫喊时,由谷底传来的声音竟像沉重的丧钟:"你只管坐在我的手上,抓住我的手指,这样就不会摔倒了。"彼得浑身哆嗦着照他吩咐的做了。他坐到巨人的手掌上,紧紧抱住巨人的大拇指。

他们下去了,下得很远很深,让彼得奇怪的是下面并不是越来越暗,恰恰相反,阳光倒是越来越亮,使彼得的眼睛久久不能习惯。彼得下得越深,荷兰鬼米歇尔就变得越小,待他们停在一所房屋前时,米歇尔已恢复成原来的模样。那幢房屋和黑森林地区富裕农民的住房大小、质量差不多。彼得被领进一个小房间,房间里的摆设和普通人家的没什么区别,唯一的区别是这儿只有孤零零的一幢房子。

房间里的木制挂钟,巨大的瓷砖火炉,宽阔的长凳,壁炉架上的各种器具,和其他人家的并无区别。米歇尔让彼得在一张大桌子后面坐下,自己则出了房间,不多一会儿就取来一罐酒和几个玻璃杯,给杯子斟满酒后,他们就开始聊

天。荷兰鬼米歇尔讲了人世间的种种快乐事,讲了陌生的国家、美丽的城市和河流,彼得听到后来心里向往极了,也对荷兰鬼吐露了自己的向往。

"哪怕你全身有使不完的勇气和力气,可以干出一番事情来,可是只要你那颗愚蠢的心怦怦地跳动几下,你就得浑身颤抖。接下去便是名誉受损啦、不幸啦,但是一个聪明的小伙子何必管这些东西呢?最近有人说你是一个骗子、坏家伙,你脑子里有什么感觉?那个地方官员把你赶出家门时,你胃痛了没有?究竟有什么感觉啊?说吧,是什么东西让你感觉痛苦?"

"我的心。"彼得回答,同时用手摁住怦怦搏动的心口,因为他觉得自己那颗心正在不安地来回乱动。

"你啊,请别怪我埋怨你,你把成百上千的银币白白地扔给那些可恶的乞丐和其他坏蛋,这对你有什么好处呢?他们为此而祝福你,祝愿你身体健康,那么,你是否因而变得健康了呢?也许只需用一半你白扔掉的钱,就足够你拥有一个私人医生了。祝福,是啊,美妙的祝福,随即就是财产被扣押,还被赶出家门!每逢有一个乞丐向你递上他那顶破帽子时,是什么东西驱使你把手伸进自己的衣袋去掏钱给他的呢?——是你的心,永远总是你的心,不会是你的眼睛、你的舌头、你的胳膊或者你的大腿,而总是你的心。正如人们所说,你的心最容易受到触动。"

"那么人们怎么才能让心不再这样怦怦跳呢?我现在正在竭尽全力加以控制,可是我的心仍旧怦怦地跳得厉害,让我觉得痛苦。""你当然只能这样,"荷兰鬼大笑着说,"你这个可怜的家伙,当然没有办法。不过,你把那怦怦跳的玩意儿给我,你就会发现,你竟舒服极了。"

"给你,把我的心给你?"彼得吓得尖叫起来,"那我就得当场死在这里!绝对不行!"

个百万富翁。"

"十万个银币?"可怜的烧炭夫高兴得喊出了声,"这样一来我的心就绝不会在胸膛里狂暴跳动了。我们马上就能谈妥这笔买卖。好吧,米歇尔,把石心和钱给我,您可以从我的躯壳里挖走那个不安静的东西。"

"我早就料到,你是个识时务的小伙子。"荷兰鬼笑嘻嘻地说,"来吧,我们再干一杯,然后我就付你钱。"

于是他们又回转原来的小房间,坐下来喝酒,喝了又喝,直到彼得沉沉地坠入梦乡。

烧炭夫彼得·孟克在一阵欢快的邮车号角声中醒来,睁眼一看,发现自己坐在一辆漂亮的马车里,正行驶在一条宽阔的大街上。他朝车外探出身子,望见黑森林已远远地留在身后的一片苍茫之中。一开始他不敢相信坐在马车里的人竟是他彼得·孟克。连他穿的也不是昨天穿的那身衣服了,然而他对一切经过全都记得清清楚楚,于是他最后决定不再苦苦思索,他大声喊着:"我就是烧炭夫彼得·孟克,不会是任何别的人。"

他很惊讶自己居然毫无痛苦感,因为他现在是第一次离开自己生活了那么久的安静的故乡,离开黑森林。就连他想到自己的老母亲如今无依无靠、生活凄惨时,也挤不出一滴眼泪,甚至也叹不出一口气,因为他已经对一切事情都无动于衷了。

"啊,当然,"他自言自语地说,"眼泪和叹息,怀乡和愁楚,这一切不都是我的心造成的吗?感谢荷兰鬼米歇尔——我的心已经变得冷冰冰,是一块石头啦。"

他把一只手按到胸膛上,那里毫无动静,一点感觉都没有。"倘若他对十万个银币也言而有信,我就会高兴极了。"彼得一边自言自语,一边开始在马车里搜寻。他发现了各种各样漂亮的衣服,全都是他想望已久的,可就是没看见任何钱币。最后他摸到了一只口袋,发现里面装着成千上万的银币以及许多大城市大商号的银票。"现在我总算

"是的，倘若让你们的外科医生开刀把心从身体里取出来，你必死无疑；在我这里却是另一码事。你还是进屋来看看，让你的眼睛告诉你事实吧。"荷兰鬼说完站起身来，打开了一个小房间的门，领彼得进了屋。彼得一迈进门槛，他的心就痉挛地紧缩了，但是他自己并没有觉察到，因为呈现在他眼前的一切都那么特别，那么令人诧异。许多木架上放着一排排盛满透明液体的玻璃瓶，每个瓶子里都藏着一颗心，瓶子上还都贴着标签，写着人的名字。彼得好奇地读着这些标签：这里是本城地方长官的心、胖子艾采希尔的心、舞会王子的心、林务官的心，那里是六颗粮食商人的心、八颗征兵官员的心、三颗货币经纪人的心——总之，这里收集了方圆二十小时路程内所有最显赫人物的心。

"瞧吧！"荷兰鬼说，"所有这些人都已摆脱了生活的烦恼和恐惧，这些心已不再会由于惊恐和忧虑而怦怦跳动。它们从前的主人把这些忐忑不安的客人请出家门后，现在都觉得舒服多了。"

"那么他们现在胸膛里还有什么东西呢？"彼得问道，眼前的一切几乎把他吓晕了。

"就是这个。"米歇尔回答，从一只抽屉里拿出一颗石头心递给了他。

"噢，这个吗？"彼得说，不由自主地打了一个寒噤，浑身起了鸡皮疙瘩，"一颗大理石做的心？可是，你听着，米歇尔先生，这东西放在胸膛里是冰冷冰冷的吧？"

"那是当然的，不过凉得特别舒适。为什么要让一颗心温暖呢？这一点儿温暖冬天时对你毫无作用，一杯上等樱桃酒比一颗温暖的心对你更起作用。而在夏天，到处都又闷又热——你可料不到这颗石头心会让你多么凉爽。我刚才就对你讲了，不论是恐惧还是焦急，不论是愚蠢的同情还是其他痛苦，以后都不会引起这颗心怦怦跳动了。"

"这就是您能给我的一切吗？"彼得懊丧地问，"我希望获得钱，而您打算给我一块石头！"

"嗯，我想，第一次给你十万个银币总够了吧。倘若你善于经营，很快就会变成一再发怒，不再悲哀，但是我也不再快乐，让我觉得自己只是半死半活的。您能不能让石头心稍稍活动活动，或者，还是把我原来那颗心还给我吧。二十五年来我已习惯了那颗心，尽管它偶尔也蠢蠢欲动，却毕竟是一颗活泼而快乐的心。"

荷兰鬼米歇尔狰狞地冷笑着说道："彼得·孟克，你总有一天要死的，那时候你就不会缺了它，你将重新拥有你那颗又温柔又多情的心，那时候你就会感觉到什么是快乐什么是痛苦了。不过在这个世界上，它再也不会属于你了！然而，彼得啊，你已经周游了世界，显然，这样活下去，对你没什么好处。你就在黑森林里找个地方住下吧，盖一幢房子，娶一个妻子，管理管理你的财产。你唯一欠缺的东西是工作，因为无所事事你就百无聊赖，现在却把一切罪责都归咎于这颗无辜的心。"

彼得想了想，米歇尔对自己的懒惰分析得有理，他便下决心让自己富裕，而且要越来越富。米歇尔又送给他十万个银币，他们像好朋友一样分了手。

黑森林地区很快就传开了烧炭夫彼得·孟克又回来了的消息，说他比从前更加有钱了。这里的世态人情一如既往。当年他身无分文时，被人撵出了太阳酒店，如今当他在一个星期天的下午再一次跨进太阳酒店大门时，人们都来和他握手，赞美他的马匹，询问他旅行的情况。当他又和胖子艾采希尔赌银币时，他比过去更受大家尊敬。现在他已不再经营玻璃行业，而做起了木材买卖。这也不过是个幌子罢了，他的真正业务是倒卖粮食和放高利贷。渐渐地，半个黑森林的居民都欠了他的债，而且要收百分之十的利息，否则就不借；或者他向穷人赊卖谷物，倘若逾期不还钱，就要付三倍的价钱。如今他和地方官员成了亲密的朋友，倘若有哪个人欠了彼得·孟克老爷的钱而不能如期归还，那么地方长官就会带着差役上门清点那人的房产和院子，立即估价抵债，把父亲、母亲和孩子统统撵到森林里去。起初，那些抵押了财产的穷人弄得彼得颇为不快，因为他们成群结队地围在他家大门口，男人们恳求宽限，妇女们试图软化他的石头心，而小孩子

有了我想要的一切啦。"他舒舒服服地坐在马车里，向遥远的世界驶去。

他驾车在世界各地游览了两年，在马车里观赏左右两边的建筑。若停下车子，无非是看到了一家旅店的招牌。随后他就到城里各处游逛，观赏最美丽的景物。然而没有任何东西能够让他快乐，不论是绘画、建筑、音乐，还是舞蹈，因为他的心是一块石头，对一切都无动于衷，以致他的眼睛、他的耳朵也对一切美好的事物都视而不见、听而不闻了。他除去吃、喝、睡觉，已经对什么都不感兴趣了。他就这样毫无目的地在全世界周游，吃喝是他的娱乐，百无聊赖时就睡觉。有时候，彼得真切地回忆起自己当年很穷、必须干活糊口时，还常有快活幸福的时光。山谷里的每一种美丽景色、音乐和歌声都曾让他满心喜悦，母亲来炭窑送简单饭食的前几个小时，他早就开开心心地在期待了。每当他回溯往事之际，脑子里就会浮现一种奇怪的感受，现在他连笑一声都不会了，而过去他听见一句俏皮话也会哈哈大笑的。如今每逢别人哈哈大笑，他总只是为了礼貌而牵一牵嘴巴，但是他的心却不会一起大笑。他现在觉得自己确实非常平静，然而并没有丝毫满足感。促使他终于返回家乡的原因，并不是怀乡之情、伤感之意，而是由于寂寞、餍足和毫无乐趣的生活。

当他驾车驶过斯特拉斯堡，远远望见故乡那片黑压压的森林时；当他再一次看到家乡人那种强壮的体形，那种亲切诚实的面容；当他耳朵里听见那种洪亮、深沉而又悦耳的乡音时，他立即觉得有什么撞击着他的心，因为他的血液沸腾得比从前猛烈了许多，他认为自己必定会欣喜万分，甚至会哭出声来。然而，他怎会这么傻里傻气呢，他有一颗石头做的心，而石头是没有生命的，不会笑也不会哭。

他回家后第一件事就是去看荷兰鬼米歇尔，受到了老友般的接待。"米歇尔，"他对荷兰鬼说，"我出门游历了一番，什么都见过了，可是一切全都是蠢货，只让我感到无聊。总而言之，您那颗石头玩意儿放进我的胸腔以后，确实保护我免受许多烦恼，我不们则哭喊着乞讨一块面包。后来他弄到了几条凶狠的大狼狗，被他称为猫叫的音乐也就停止了。因为他一吹口哨，大狼狗就蹿出去咬人，那些穷苦人只得哭喊着四散逃开了。最让他厌烦的是一个"老太婆"。她不是别人，而是彼得的母亲孟克太太。当年人们没收了她的房屋财产后，她就落入了一贫如洗、无家可归的悲惨境地。如今她的儿子发财回家了，竟然不再去看她一眼。这个衰弱的老人偶尔拄着一根拐杖来到彼得家的门前，她不敢进去，因为儿子有一次曾把她赶出大门。不过，最让她伤心的莫过于亲生儿子有能力赡养自己安度晚年，却听任她依靠别人的施舍度日。那颗冷酷的心却永远不曾被眼前这张苍老的熟悉面孔、被她苦苦哀求的目光、被那只伸向他的枯萎瘦削的手、被她颤巍巍的身形所打动。每逢老太太星期六来敲他家的大门，他总是很不高兴地拿出一个硬币，用一张纸包起来，吩咐仆人递给她。他听见她声音颤抖地道谢，还祝他一生幸福；他听见她一路咳嗽着悄悄地走出大门，然而他毫不动心，只想着自己又白白地扔了一个六角钱的硬币。

  彼得终于想结婚了。他知道黑森林地区做父亲的人没有一个人不乐意把女儿嫁给他。但是他挑选的条件十分苛刻，因为他希望这桩婚事能够让人们说他幸福美满，并且称赞他选择得当。彼得为此骑马走遍了黑森林地区，这里看看，那里望望，没有哪一个漂亮的黑森林姑娘美丽得足够做他的新娘。他随后又跑遍了跳舞场所，也一无所获。终于有一天他听说，

全黑森林地区最美丽最勤奋的姑娘是一个穷苦的伐木工人的女儿。她安分守己，过着平平静静的生活；她照料父亲的家务，又能干又勤快；她从没有去过跳舞场所，连圣灵降临节活动或教堂落成典礼也不曾参加过。彼得一听说黑森林地区的这个奇闻，就决定去求婚。他骑马来到她的茅屋前。美丽的莉丝贝特的父亲惊讶地接待了高贵的来宾，当他听说来人就是财主彼得老爷，并且愿意做他的女婿时，就更加惊讶了。他没有多加思索，就立即答应了婚事，因为他认为自己的忧虑和贫困日子总算到头了。他没有征询美丽的莉丝贝特自己的意见，这个善良的孩子一向顺从父母的意愿，没说半个不字就成了彼得·孟克太太。

可是这个可怜姑娘的日子不像她自己梦想的那么美好。她认为自己善于料理家务，然而却总不能让彼得老爷称心满意。她很同情穷苦人，自己的丈夫又很有钱，她认为送给一个讨饭老婆子一个小钱，或者让一个穷老头喝杯烧酒，绝不会是罪过。有一天，彼得老爷发现了这种情况，竟恶狠狠地瞧着她，用粗暴的声音叫嚷道：

"你为什么把我的钱财胡乱地扔给流氓和街头骗子？你嫁来时带了什么东西，现在可以随意送人？用你父亲的讨饭棒恐怕连一碗汤也烧不热，你倒学侯爵夫人一样挥霍金钱？下一回再让我看见这等事，你就要尝尝我的拳头了！"

美丽的莉丝贝特见自己的丈夫如此狠心，回到自己房间里痛哭了一场。她常常想，宁可回家去住父亲的破茅屋，也胜似住在这个豪富而吝啬的铁石心肠的丈夫家里。唉，倘若她知道彼得的心是大理石的，不可能爱她或者任何其他人，那么就不会感觉奇怪了。现在她坐在家门口，每次看到一个乞丐走过，脱下帽子请求施舍，她就不得不紧紧地闭上眼睛，不去看这个悲惨的人，她尤其要小心紧紧地握住拳头，免得不由自主地把手伸进口袋掏出一枚小钱来送人。于是，美丽的莉丝贝特逐渐受到森林里全部居民的谴责，说她比彼得·孟克更为吝啬。有一天，莉丝贝特又一次坐在大门口纺纱，嘴里哼唱着一支歌曲，因为那天天气晴朗，而彼得老爷又骑马出门了，她心里比较轻松。这时路上过来了一个矮小的老人，背着一只沉重的大口袋，她隔着老远就听见了他的喘气声。莉丝贝特满怀同情地望着他，心里想，这样瘦弱的老人不应该承受如此沉重的负担。

这时，矮小的老人步履蹒跚、气喘吁吁地走近了，当他走到莉丝贝特面前时，大口袋几乎把他压倒在地上了。"啊，发发善心吧，太太，请给我一杯水喝，"小老头说，"我走不动啦，我会累死在这里的。"

"像您这么大年纪实在不该背这样重的东西。"莉丝贝特说。

"是的，我是穷得没办法，为了活命，不得不干这样的重活。"老人回答，"是啊，像您这样有钱的太太，自然不知道穷人的苦处，不知道大热天里一杯凉水的好处。"

莉丝贝特听见这句话，急忙回屋里，从壁炉架上取下一只水壶，盛满了水。当她转回来走近小老头身旁时，她看见老人可怜巴巴、弯腰驼背地坐在口袋上，深切的同情感油然而生。她心里暗暗想道，眼下丈夫不是出门了嘛，就放下水壶，取来一只杯子装满酒，又在杯子上放了一大块新鲜面包，递给老人。"喝吧，喝一口酒比喝一口水对您更有益处。您已经这么大年纪啦，"她说，"别喝得太急，还是吃口面包喝一口吧。"

矮小的老人惊讶地望着她，衰老的眼睛里滚动着大颗的泪珠，他喝完了酒，说道：

"我活了一大把年纪，很少看见像您——莉丝贝特太太，这样有同情心的人，谁肯这么又好心又周到地施舍别人呢？不过您今生今世会有好报的，一颗好心不会没有好报的。"

"不，她马上就会得到报应的。"一个可怕的声音大声说。他们转身一看，原来是气得满脸通红的彼得老爷。

"你竟敢把我的名贵美酒斟给叫花子，竟让街上乞丐的嘴唇弄脏我喝酒的杯子吗？过来，领取你的报应吧！"莉丝贝特扑倒在他脚前请求宽恕，然而彼得的石头心不懂得同情，他把手里的鞭子倒转过来，用黑檀木柄猛力地击向她美丽的额头，她一下子就没了气息，倒在老人的怀里。彼得见她倒下，很后悔自己的举动，他俯下身子，看看她是否还活着。但是矮小的老人用他很熟悉的声音说话了："不必费心了，烧炭夫彼得。这是全黑森林地区一朵最美丽可爱的花儿，却被你摧残了，她再也不会开放了。"

彼得的脸吓得煞白，血色全无了，说道："原来是您吗，藏宝人先生？嗯，事情已经发生，也就无可挽回，只能这样了。但是我希望您别把我当成凶手告上法庭。"

"卑鄙的东西！"小玻璃人回答，"我把你这具没有良心的臭皮囊吊到绞刑架上，对我有什么好处呢？你应该害怕的不是世俗的法庭，而是另一种更严厉的法庭。因为你把自己的灵魂卖给了魔鬼。"

"我之所以出卖自己的心，"彼得尖叫着说，"过失全在你，而不是任何别人，全在你那些骗人的财富。你就是把我驱上绝路的妖怪，你逼迫我另外寻找帮助，一切责任都得由你来承担。"他这番话的话音未落，小玻璃人突然膨胀起来，一下子长得又高又宽，一双眼睛大得像汤盆，嘴巴像一只烧得通红的烤炉，喷射出闪烁的火舌。彼得跪倒在地，他的石头心也保护不了他，浑身乱颤像风中的柳条。森林之神用鹰爪般的巨掌抓住他的后脖颈，让他像一片旋风中的枯叶似的在空中打转，然后把他扔到地上，摔得每根肋骨都噼啪乱响。

"你这条蛆虫！"巨神用雷鸣般的声音喝道，"我本来可以把你摔得粉碎，因为你亵渎了森林之神。看在这位死去太太的面上，她用好吃好喝款待过我，我给你八天期限。倘若你还不改恶从善，我就把你的骨头磨成齑粉，永远沉沦在罪恶之中。"

傍晚时分，有几个男人路过此地，这才发现彼得·孟克老爷躺在地上。他们翻来覆去地检查他的身体，看看有救没救，他们白白地折腾了好久，孟克老爷还是人事不省。最后有一个人跑进屋里取了一些水喷在他脸上。彼得这才深深地吁了一口气，呻吟着睁开了眼睛。他朝周围张望了很长时间,向他们询问莉丝贝特太太的情况,但是没有人看见她。彼得谢过这伙过路男人,默默地回转家门。

他在家里四处找寻,然而哪儿也没有莉丝贝特太太,既不在地窖里,也不在阁楼上。一切对他而言像是一场噩梦,但却是残酷的现实。如今他孤零零一个人,各种各样的奇思异想便袭向他的脑海。他什么都不畏惧,因为他的心是冰冷的石头,然而他妻子的死,让他联想到了自己的死。他死后将会有多么沉重的负担啊:他得承担起穷人们的眼泪,还有他们那千万声没能软化他铁石心肠的诅咒;他得承担起被他纵狗咬伤的不幸者的哀号;承担起自己母亲默默无言的失望,还有他美丽善良的妻子莉丝贝特的鲜血;他又将如何答复她的父亲呢,倘若那位老人哪一天来看她,询问他:"我的女儿,你的妻子哪里去了?"

彼得夜晚做梦也不得安宁,总是会有一种甜蜜的声音把他唤醒:"彼得,给自己弄一颗比较温暖的心吧!"每当他惊醒过来,又总是立即重新闭上眼睛,因为那必定是莉丝贝特的声音,唯有她才会向他发出这样的警告。

第二天,彼得去酒店散心,以免自己胡思乱想。彼得在那里碰见了胖子艾采希尔,他就坐到胖子身边闲聊起来。他们谈论美好的天气、谈论战争、谈论税收,最后谈到了死亡。彼得问艾采希尔对死亡有何见解,死亡究竟是什么光景。艾采希尔答复说,人死后身体得埋葬,灵魂则不是进天堂,就是下地狱。

"那么,连心也得埋了?"彼得紧张地问。

"是啊,那当然啦,心也得一起埋葬。"

"倘若一个人已没有心了呢?"

艾采希尔听见这话就怔住了,横扫了彼得一眼说:"你这话什么意思?你想挖苦我?难道你认为我没有心吗?"

"噢,心当然有的,只是硬得像石头。"彼得回答。

艾采希尔吓得瞪着彼得,随后扭头望望四周,看看是否有人在听他们谈话,然后才问:"你怎么知道的?难道你自己的心也早就不跳动了?"

"再也不跳动了,至少不在我胸膛里跳动了。"彼得·孟克回答,"现在你该告诉我,因为你懂我提问的意思了,我们的心将来会怎么样呢?"

"为什么担心这些事?你这家伙,"艾采希尔笑嘻嘻地问,"你这一辈子有吃有穿,享用不尽,这就足够啦。我们不必为诸如此类的事情感到恐惧,这正是我们这颗冰冷的心的妙处。"

"事实如此,不过总还是要想到的。如今我虽然不再担心害怕什么,然而我记得清清楚楚,当我还是个天真无邪的小男孩时,我就非常害怕下地狱了。"

"嗯,我想我们的结局不会很好。"艾采希尔说,"我为这类问题问过一位教师,他告诉我,人死后,他们的心要过秤,看看生前有多少罪孽,轻的升天堂,重的下地狱。我们的石头心,分量肯定重得很。"

"是的,当然的。"彼得回答,"每当我考虑到这类问题,我常常很不自在,觉得我的心实在太冷酷无情了。"

他们就这样谈论了一番。然而就在当天夜里,那个轻轻的熟悉的声音在他耳旁足足响起了五六次:"彼得,给自己弄一颗比较温暖的心吧!"他并不后悔杀死了妻子,却对奴仆们说,太太出门旅行去了。但是他脑子里始终在想,她究竟到哪里去了呢?六天时光过去了,他每天夜里总听见这个轻轻的声音,脑子里也总是思考着森林之神以及那些可怕的威胁。到了第七天早上,他从床上一跃而起,高声叫喊道:"是啊,是啊,我得试试,能不能弄到一颗比较温暖的心。如今我胸膛里这颗对什么都无动于衷的心,让我的生活太空虚太无聊了。"于是他匆匆地穿起自己的节日盛装,骑上马,驶向杉树冈。

他一到达长满冷杉树的山冈后就纵身下了马,把马拴住后,立即快步走向山冈的顶端,待他在那棵粗大的冷杉树下站住身子,便背诵起了咒语:

绿色冷杉林里的藏宝人,

你已有几百岁的年龄,

你的土地上都有冷杉树矗立,

星期天的孩子才能把你望见。

他刚念完,小玻璃人就出现了,然而态度不像从前那么和蔼、亲切,而显得很忧郁、悲伤。他穿一件黑玻璃的小上衣,从帽上飘垂下一条长长的黑纱,彼得明白他哀悼的是谁。

"你找我有什么事,彼得·孟克?"他声音低沉地说。

"我还有一个愿望呢,藏宝人先生。"彼得答复道,低低地垂下自己的眼睛。

"一颗石头心还会有愿望吗?"对方说,"你依靠为非作歹已经拥有了一切,我很难满足你的愿望。"

"可是您曾答应我可以提三个愿望的。我还有一个愿望没提呢。"

"要是你的愿望很愚蠢,我可以拒绝的。"森林之神接着说道,"好吧,我愿意听听你想要什么。"

"请取出我胸中这块没生命的石头,装上我原先那颗活生生的心吧!"彼得要求道。

"这笔交易是我同你做的吗?"小玻璃人问,"难道我是荷兰鬼米歇尔,专门送人钱财和冷酷的心吗?你必须到他那里去找回你自己的心!"

"唉,他永远不会还给我的。"彼得回答。

"尽管你这个人也很坏，我还是同情你，"小玻璃人沉思片刻后说道，"因为你这个愿望不愚蠢，所以我至少不会拒绝帮助你。你仔细听着。你不可能用暴力夺回你那颗心，如果巧施计谋，倒是有可能的，也许还不太困难。因为米歇尔毕竟是愚蠢的米歇尔，虽然他自以为聪明绝顶。所以你立即径直去找他，照我指点的办法去做。"接着他把要做的事情一一教给彼得，又递给他一个纯净玻璃制作的小十字架，说道："你只要举起十字架，同时默默祈祷，他就不能伤害你的性命，只能放你离开。你拿到了你想要的东西之后，赶快回到我这里来。"

彼得·孟克拿起小十字架，把老人的每一句话深深地记在脑子里，便向荷兰鬼米歇尔家走去。他喊了三声米歇尔，那个巨人就立刻站在他身前了。"你打死了自己的老婆？"他问彼得，一脸的狞笑，"她竟敢把你的钱财施舍给乞丐，换了我也会这样干。但是你现在必得到国外去躲一段时间，否则人们找不着她会议论纷纷，闹出事情来的。你今天来，是为要钱吧？"

"你猜得对，"彼得回答，"不过这一次需要很多钱，因为美洲路途十分遥远。"

米歇尔在前面领路，带彼得进了自己的家。他打开一只装了许多钱的柜子，伸手进去取出好几卷金币。当他在桌子上点数的时候，彼得开口道："你是个骗子，米歇尔，你欺骗了我。你说你已取走我的心，换上了一颗石头心！"

"难道不是这样吗？"米歇尔惊讶地问，"难道你觉得还有一颗自己的心？难道你的心不是冰冷的吗？难道你还会感觉恐惧和忧伤，还会感觉懊悔吗？"

"你仅仅让我的心停止跳动罢了，我觉得它和过去一样仍旧在我的胸膛里。艾采希尔的感觉也同样，他曾对我说，你欺骗了我们。要让人毫不觉察又毫无危险地从一个人的胸膛里挖出心来，你可办不到！这非得有大法力不可。"

"我可以向你保证，"米歇尔很不高兴地大声说，"不论是你和艾采希尔，还是别的有钱人，凡是和我有交往的，全都和你一样怀着冷酷的心。他们自己原有的心都在这里，在我的房间里。"

"哎哟，你这条舌头可真会骗人！"彼得哈哈大笑说，"这种鬼话只能骗骗别人。你以为我在旅途中没有见过这类骗人伎俩吗？你房间里这些心全是蜡制的假货。你是个大富翁，这我承认，但是你不会施魔法。"

巨人生气极了，"砰"的一声打开房门："你进来，你来读一读那里所有的标签，瞧吧，这颗就是彼得·孟克的心。你瞧瞧，它不在跳动吗？蜡也能制作出活生生的心吗？"

"不过这颗心确实是蜡制的，"彼得回答说，"真正的心不会这样跳动，我认为我的心还在胸腔里。不，你肯定不会魔法！"

"我倒要证明给你看看！"米歇尔恼怒地叫嚷起来，"你可以感觉得到这正是你自己的心。"

巨人撕开彼得的紧身上衣，从胸腔里取出一块石头给他过目，随即拿起彼得的心，对着它吹了一口气，小心翼翼地装到原来的位置上。彼得立即感觉到心在怦怦跳动，而且能够为此而感到愉快高兴了。

"你现在感觉如何？"米歇尔笑着问。

"千真万确，你说的是实话，"彼得一边回答，一边小心地从口袋里掏出了小十字架，"我简直不敢相信，你竟有这般本领！"

"难道还会有假？我会施魔法，这你看到了。不过，你过来吧，让我把石头心重新放进去。"

"且慢，米歇尔先生！"彼得大叫一声，同时后退一步，拿起小十字架对准了米歇尔，嘴里说道，"正如俗话所说，逮老鼠要用肥肉，这回你上当了。"接着，彼得就尽力背起了祈祷文。

这时，米歇尔就越变越小，一下子跌倒在地上，像条虫子似的扭来扭去，还不停地叹息着、呻吟着，周围所有的心也开始随着他的动作扑通扑通地跳动，嘀嗒的响声就像在一个钟表匠的工场里。彼得害怕起来，心惊胆战地跑出了小房间和这幢屋子。彼得在恐惧感的驱使下，没命地奋力爬上了悬崖，因为他听见米歇尔已经从地上站起来，在他身后顿着脚，咆哮着，破口大骂着。他攀上山顶后便朝杉树冈飞跑。忽然间风雨大作，雷电交加，霹雳在他身边左右两侧猛然爆炸，把树木击得粉碎，然而他还是平安地抵达了小玻璃人的领域。

他的心跳得很欢乐，仅仅因为这颗心跳动了。他回溯以往的生活感到很害怕，就像方才霹雳在他身后摧残左右两边美丽的树林时的感觉。他想起了莉丝贝特，他美丽善良的妻子，由于他的吝啬而被杀了。他感觉自己是人间的败类，于是他一来到小玻璃人的小山头就号啕痛哭起来。

绿杉树林的藏宝人已经坐在那棵大冷杉树下抽他的小烟斗。小玻璃人的神情比从前愉快多了。"你为什么哭啊，烧炭夫彼得？"他问，"难道你没有拿到自己的心？那颗冷酷的心还在你胸膛里吗？"

"啊，先生！"彼得叹息着回答，"我怀里要是还躺着那颗石头心，我是决不会痛哭的，那时我的眼睛比七月的土地还要干涸呢。然而，我原来那颗良心，却让我为了以往所做的恶事，几乎要伤心得碎裂了！我把欠债的人逼得走投无路，我放恶狗追咬穷人和病人，您也亲眼看见，我怎样举起鞭子抽向我妻子美丽的额头！"

"彼得，你曾是个大大的罪人，"小玻璃人说，"金钱和懒惰使你堕落，直到你的心变成一块石头，不知道快乐和痛苦，也不知道后悔和同情。但是忏悔可以赎罪。如今你能为自己过去的生活痛心疾首，我就能够帮助你了。"

"我对自己不抱任何希望。"彼得回答，悲哀地低垂着头，"我已经完了，这辈子不再会有欢乐。我孤独一人还能在这世上干什么呢？我的母亲不会宽恕我对她的虐待，也许我已把她逼死了，我是个逆子！还有莉丝贝特，我的妻子！您也打死我吧，藏宝人先生，干脆了结我这悲惨的一生吧。"

"好吧，"小玻璃人说，"你果真没有别的愿望啦，那就照办。我的斧子就在手边。"他从容不迫地从嘴里抽出烟斗，磕下烟灰，藏进怀里，然后慢慢地站起身子，走到大杉树后面去了。彼得坐在草地上哭泣，他的生命在他心里已毫无意义，他耐心地等待着致命的一劈。过了一会儿，他听见身后有轻轻的脚步声，心想：他过来劈我了。

"你再回头看看，彼得·孟克！"小玻璃人说。他擦去眼泪，回头一瞧——是母亲和莉丝贝特，她们正亲切地望着他呢。他高兴得跳了起来："原来你没死，莉丝贝特：您也在这里啊，妈妈，你们都饶恕我了？"

"她们都肯原谅你！"小玻璃人说，"因为你真心后悔了。过去的就让它过去吧，现在回到父亲的茅屋去，继续当一个烧炭夫吧。只要你诚实正直，你就会以自己的手艺为荣，邻居们会更加爱你、尊敬你，那比你拥有十吨金子都强。"

小玻璃人说完就和他们告别了。三个人齐心赞美小玻璃人、祝福小玻璃人！等小玻璃人消失后，三人一起转身回家。

彼得老爷的豪华住宅已不复存在，一个霹雳把整幢住宅连同里边的财富烧成了灰烬。好在父亲的茅屋离得不远，他们便动身前去，心里毫不在乎这一巨大的损失。

然而他们一到茅屋边就惊呆了！茅屋变成了一所美丽的农舍，里面的一切虽然简朴，却又清洁又整齐。

"这都是善良的小玻璃人办的！"彼得开心地大声说着。

"多美啊！"莉丝贝特说，"住在这里比住在奴仆成群的大房子里自在得多。"

从此，彼得·孟克成了勤劳朴实的烧炭夫。他很满足于目前的境遇，不知疲倦地干活,通过自己的努力,家境逐渐富裕,受到整个黑森林地区人们的尊敬和爱戴。他再也没有跟妻子莉丝贝特吵嘴,他尊敬母亲,帮助上门求助的穷人。

一年多后,莉丝贝特生下了一个漂亮的男孩,彼得赶到杉树冈上去背诵咒语,可是小玻璃人没有露面。

"藏宝人先生,"他高喊道,"请听我说,我来求您做我男孩的教父!"然而没有回答,唯有一阵风沙沙地吹过冷杉树,几个松树球果掉落在草地上。

"那么,我就拾几个回家做纪念吧,既然您不愿再露面。"彼得大声说,捡起几个果实放进口袋回家了。

当他回转家里脱下节日短上衣,他母亲打算把衣服收进箱子,整理口袋时,却从中掉出四大卷钱来,打开一看,全都是簇新的银币,没有一枚伪币。那是冷杉树林的小玻璃人送给教子小彼得的礼物。

从那时起,他们一家过着安宁愉快的生活。后来,彼得·孟克头发都花白了,还常常说:"情愿满足于贫穷,也不愿金银成堆而怀着一颗冷酷的心。"

版权专有　侵权必究

图书在版编目（CIP）数据

豪夫童话 /（德）威廉·豪夫著；张佩芬译 . — 北京：北京理工大学出版社, 2020.11（2025.4 重印）

ISBN 978-7-5682-9009-8

Ⅰ．①豪… Ⅱ．①威… ②张… Ⅲ．①童话—作品集—德国—近代 Ⅳ．① I516.88

中国版本图书馆 CIP 数据核字（2020）第 183594 号

责任编辑：李慧智		文案编辑：李慧智	
责任校对：刘亚男		责任印制：施胜娟	

出版发行 / 北京理工大学出版社有限责任公司
社　　址 / 北京市丰台区四合庄路 6 号
邮　　编 / 100070
电　　话 /（010）68944451（大众售后服务热线）
　　　　　（010）68912824（大众售后服务热线）
网　　址 / http://www.bitpress.com.cn

版 印 次 / 2025 年 4 月第 1 版第 3 次印刷
印　　刷 / 武汉林瑞升包装科技有限公司
开　　本 / 787 mm × 1092 mm　1/16
印　　张 / 12.5
字　　数 / 143 千字
定　　价 / 79.90 元

图书出现印装质量问题，请拨打售后服务热线，负责调换

荷兰鬼米歇尔　　彼得的母亲　　烧炭夫彼得　　小玻璃人　　风琴师